女声 VOICES OF US

成为自己
法国女性写作简史

DEVENIR SOI-MÊME Une Brève Histoire de L'écriture Féminine en France

景春雨 / 著

上海社会科学院出版社
SHANGHAI ACADEMY OF SOCIAL SCIENCES PRESS

前 言

　　写作是一种独特的言说方式,这种方式使个体与世界建立起一种奇妙的关联。个体通过写作传递情感、表达意愿,与此同时,个体也通过这种方式与世界进行着各种层面的协商。从这个意义上看,女性写作的历史就是女性与世界进行对话的演进史。在这一对话关系中,女性向这个世界展示了自身对社会秩序、伦理道德及生命和价值体系等诸多方面的主观感受,同时在不同历史时期的社会情境下形塑自我、完善自我并不断重新建构自己的主体性。尽管这种对话关系不断受到强权、暴力与偏见的侵扰,女性始终没有放弃自己进行言说的权利,她们在写作中执着地发出自己的声音,在对自身历史的书写中勇敢地成为自己。

　　法国是现代女性主义的发源地之一,法国的女性写作也经历了独特的发展历程,法国女性的写作史在某种程度上可以被视为法国现代女性意识的发展史。现有的

成为自己：
法国女性写作简史

资料表明，自公元 6 世纪高卢地区的女诗人拉德贡德（Radegund，约 520—578）开始，法国的一些贵族女性就开始尝试通过写作这种活动来表达个人的情感诉求和政治立场。尽管这种早期女性写作活动并非以作品的公开传播为目的，却是女性在家族、社团及更大范围的社会组织中施加影响的主要方式，其存在形式本身即具有一定的示范效应。

此后直至 14 世纪，女性自我言说的潜流在女作家克里斯蒂娜·德·皮桑（Christine de Pizan, 1364—1430）这里才重新进入公众的视野。她在其极具个性化的书写中强化了性别的视角，显露出更为强烈的主体自觉意识。更值得关注的是，克里斯蒂娜·德·皮桑通过其作品提出了许多具有重要意义的命题，如女性的本质是什么、女性可以做什么、女性可否如男性一样行使自主选择的权利等，后世的研究者甚至据此视其为世界上第一位女权主义者。在她身上，我们还能看到后世职业女性作家的身影。克里斯蒂娜·德·皮桑不仅以写作为途径全面介入了当时社会生活的各个层面，更为法国女性开创了"为自己写作"这样一个传统。

与此前的历史时期相比，法国女性在文艺复兴时期有了更多接受教育的机会，但就这些特定类别的教育而言，其结果是使女性在家庭及社会中的角色被固化下来，女性的性别角色及其附带的义务也不断被强化。因此，女性一方面受制于由自身的性别角色所带来的束缚；另一方面却在接受教育的过程中增长了智识，具有更多思考问题的能力和表达的技巧。可以说，文艺复兴时期批量造就了法国的知识女性群体,这为后来女性写作的发展奠定了坚实的基础。尽管在这一时期女性写作依然不是受到官方许可的公共行为,但至少从这时开始,法国女性写作从表现形式到具体内容方面都显露出更加多样化的面貌。这一时期女性写作的主要形式集中体现在抒情诗、书信等体裁上,这些作品在情感指向、性别意识和身份认同等方面都具有更加清晰的辨识度。也是在这一时期,女作家玛丽·德·古尔内(Marie de Gournay, 1565—1645)在作品中首次阐述了两性平等的观点,提出男女两性应在各方面享有的权利。可以说,女性的写作活动不仅使法国知识女性群体的个性化意愿得到了充分显现,而且她们也以女性特有的智慧和思想光芒丰富了人文主义的内涵。

在结束了宗教战争和政治动荡之后,法国自17世纪初开始进入一个相对稳定的社会文化发展时期,沙龙这种非官方的社交场域也在此时大放异彩,并在此后长达两个世纪的时间里对法国的文化形态和社会思想发展持续发挥着影响。作为一种私人空间与公共场域的结合体,17世纪的沙龙在路易十四统治后期已取代官廷成为当时文化社交的中心,而一个沙龙的成功与否则完全取决于其女性主持人所具有的才智和能力。在很长一段时间里,沙龙一直是发布和品评文学作品、交流新思想、讨论社会重要议题的主要场所,在特殊时期,沙龙甚至也成为"革命的推进器"。正是在沙龙这个特殊场域中,当时的法国知识女性通过自身的学识和鉴赏力直接介入时代发展的浪潮中。作为沙龙的标志性活动之一,

成为自己：
法国女性写作简史

写作是必不可少的交流形式。女性的自主意识在写作活动中得到了充分的释放，她们在沙龙中分享自己的作品，也从沙龙中获得对作品的直接反馈，这种交互式的对话直接推动了女性写作的发展。更重要的是，女性在沙龙中所获得的自由表达的权利随后被让渡到具有公共性的写作活动中，这使女性具有了与男性所主导的社会话语形式进行非对抗性对话的可能性，为后来法国女性走向革命、政治领域提供了更为直接的路径。

我们可以发现，法国女性写作在 17 和 18 世纪呈现出异常多样化和极富个性化的特点。女性在写作中不断突破各种限制，从各个方向开拓领地，写作成为女性发掘个体内在世界并全面介入社会生活的一种重要手段。到 18 世纪中后期，法国已经涌现出最早一批职业女作家，于她们而言，写作既是谋生手段，也是个体存在形式的别样选择。对于那些参与到当时的重大政治事件中的女性而言，写作更是体现其自身的主体性、确保自己的声音不被遮蔽的必要方式。在 1789 年法国大革命那段时期内，各个领域都活跃着众多知识女性的身影，她们以实际行动表明了在诸多重大历史事件中的立场，以具有独特视角的个人书写回应着宏大的历史叙事。在革命、政治与个体性所形成的张力中，法国女性写作的公共性意义不断增强，其具有的现代性特质也愈加强烈。

如果说 18 世纪的法国女性通过具有公共性意义的写作活动完成了对自身的另一种"启蒙"，那么 19 世纪的法国女性则通过写作宣告了具有现代性意义的女性主体的生成。自 1804 年《法国民

前　言

法典》将女性的从属地位制度化以来，法国女性一直在以各种形式进行抗争，致力于改变这种不平等的社会制度，争取自己应有的权益。历经数十载，到 19 世纪末为止，法国女性在部分领域取得了与男性同等的权益，从法律意义上被许可成为职业作家无疑是其中最重要的权益之一。与这一进程相伴生的，是女性写作的繁盛发展。从参与写作的人数、作品的数量和体裁种类上看，与此前的各个时期相比，19 世纪无疑是法国女性写作的黄金时期。她们一方面继承了自中世纪以来形成的女性写作传统，另一方面也在其中注入了新的时代元素。19 世纪法国女性作家的群体规模空前壮大，而且在来源方面也呈现出多样化的趋势。在女性作家群体中既有如斯达尔夫人（Madame de Staël, 1766—1817）、乔治·桑（George Sand, 1804—1876）等出身于贵族阶层、拥有良好教养的探索者，也有如弗洛尔·特里斯坦（Flora Tristan, 1803—1844）这样来自社会底层、在逆境中挣扎求生的觉醒者，更有如路易丝·米歇尔（Louise Michel, 1830—1905）这样的革命家和女权主义者。她们在创作中勇敢地跨越了性别角色的樊篱，突破了社会固有意识形态的限制，以女性作家独有的思维形态和表达方式诠释了现代女性的主体特质，探索了女性存在形式的多种可能。

20 世纪的法国女性逐渐在法律上取得了选举权、财产权、婚姻自主权等一系列重要权益，女性主义运动的蓬勃兴起也使与女性相关的各种问题逐渐被提升到政治生态格局与学术研究的重要层面。在这种情况下，女性写作也不再局限于从单一性别的角度去看待问题，而是具有了更加多元化的格局。20世纪女性问题的研究者对既往淹没在男性话语体系中的女性意识进行了清理，一方面意在去除男性话语体系对女性主体的遮蔽，另一方面通过发掘过往历史中被遗失的女性作家，梳理女性写作的历史，重构女性写作的传统。

20世纪法国女性的创作主题依然是女性自身的各种问题，但与此前相比，此时她们的关注点不再只局限于探讨两性关系框架内的女性境遇，而是认为女性应该作为一个独立主体，而不是与男性相对而言的一种性别而受到关注。女性完全可以通过写作来解构处于二元对立中的两性秩序，与此同时建构属于自己的话语体系，使更广泛意义上的女性共同体成为可能。在对写作形式的不断尝试中，当代法国女性作家越来越深入整个社会文化生产机制的内部进行探寻，她们不再止步于仅仅提出问题，而是要从根源处探究女性问题的来源，在性别要素与其他多种文化要素的交互作用下建构起新的话语模式，以此完成对女性主体的重构。

目 录

第一章 法国女性书写的初现 1

第一节 玛丽·德·法兰西 3

第二节 克里斯蒂娜·德·皮桑 7

第二章 法国女性书写的勃兴 15

第一节 玛格丽特·德·纳瓦尔 17

第二节 佩奈特·杜·吉耶与路易丝·拉贝 20

第三节 玛格丽特·德·瓦卢瓦与玛丽·德·古尔内 26

第三章 17世纪的法国女性作家 33

第一节 玛德莱娜·德·斯居代里 35

第二节 德·塞维涅夫人 42

第三节 德·拉法耶特夫人 45

第四章 法国现代女性作家的出现 49

第一节 夏特莱夫人 50

第二节 杜·德芳夫人与朱莉·让娜·埃莱奥诺·德·莱斯皮纳斯 53

第三节 德·朗贝尔夫人与玛德莱娜·德·皮西厄 56

第四节 职业女作家的先声 60

第五节 革命、政治与女性写作 65

第五章 法国现代女性作家的生成 72

第一节 斯达尔夫人 73

第二节 乔治·桑 77

第三节 女权主义与女性写作 84

第四节 19世纪的其他女作家 94

第六章 多元共生时代的身份认同和自我选择 98

第一节 柯莱特 99

第二节 玛格丽特·尤瑟纳尔 103

第三节 西蒙娜·德·波伏瓦 110

第四节 西蒙娜·薇依 117

第五节 女性主义的"三驾马车" 120

第六节 20世纪的其他女作家 129

第七章 作品赏析 137

第一节 《安吉堡的磨工》 137

第二节 《哈德良回忆录》 144

目 录

第三节 《第二性》　　　　　　　　　　153

结语　　　　　　　　　　　　　　　　166

主要参考文献　　　　　　　　　　　　168

第一章

法国女性书写的初现

法国女性写作的初起主要集中在公元 6 世纪到公元 15 世纪，来自修道院及宫廷和贵族家庭中的女性是这一时期的主要创作群体。虽然她们的创作情境和书写动机各有不同，但其表现出一种共有的创作倾向，即表达女性自身的情感体验和人生意愿。最早显露出这一特点的是女作家拉德贡德。拉德贡德原为图林根（Thüringer）公主，幼年时与兄长被法国国王克罗泰尔一世（Clotaire Ⅰ）作为战利品带回宫廷，后被迫成为其王后。得知克罗泰尔一世杀害了自己的兄长后，拉德贡德逃离了宫廷，栖身于普瓦捷（Poitiers）修道院。在大主教圣克鲁瓦（Saint-Croix）的调停下，拉德贡德最终获得了在修道院自由生活的特权。现存的拉德贡德的作品主要是书信与诗歌。拉德贡德在致其他修女的信中主要探讨了修女应具有的道德品质以及提高读写能力的重要性。拉德贡德偶尔也以诗作直接作为信的内容，她曾以"图林根的陷落"为主题，在诗中描述战争的恐怖、残酷，表达自己失去亲人的伤痛之情以及在逆境中抗争的意志。在这些诗作中，拉德贡德将古典史诗、拉丁哀歌与奥维德（Ovid，公元前43—公元17/18）①式的感伤结合起来，增强了作品的艺术性与感染力。以拉德贡德为代表的中世纪早期女作家的经历表明，"在6世纪的高卢地区这个混乱的世界里，那些女性如何在读写活动中利用自身的修辞技巧来巩固女性社团、强化家族与政治关联，甚或试图在时代的政治风暴中力挽狂澜"②。在这里，完全出自个人意愿的书写，对这些女性而言具有非常重要的意义。

自墨洛温王朝时期（Merovingian Dynasty, 481—751）开始，修道院就成为一种庇护女性的处所，女子可以在里面用拉丁文进行阅读和写作，但仅限于对宗教教义的阐释和私人信件的往还。加洛林王朝（Carolingian Dynasty, 751—987）以降，女性对拉丁文及其作品的研习场所从修道院拓展到宫廷和贵族家庭，并在上流社会中渐趋成风。这一传统的延续极大提高了中世纪法国女性的读写能力，以至于早期法兰克地区的女性作家几乎都以拉丁文进行创作。12世纪中叶，以法语进行创作的作品在一些颇具地位的女赞助人[如埃莉诺·德·阿基坦（Eleanor de Aquitaine, 1122—1204）③、玛

---

① 奥维德，古罗马诗人。
② Edited by Sonya Stephens, *A History of Women's Writing in France*, Cambridge University Press, 2000, p.14.
③ 埃莉诺·德·阿基坦，中世纪阿基坦公爵威廉十世的长女，1137—1152年间曾为法国国王路易七世的王后，1152—1204年间为英国国王亨利二世的王后。

丽·德·香槟（Marie de Champagne, 1145—1198）[1]等人]的支持下以宫廷文学的形式逐渐盛行。13、14世纪时期，一些宫廷、贵族女性和修女开始用法语进行创作，但作品大多不能署以真实姓名。女性参与社会文化活动，尤其是在公共场域进行读写活动依然会受到社会习俗和宗教规范的制约，女性创作虽然取得了些微成就，但还未能获得一种广泛性的社会认可。

这一时期女性作家的作品种类主要是抒情诗、宫廷叙事、书信、祈祷文、使徒行迹、劝喻文等，作品大多产生于宗教活动及贵族女性对下一代的教育活动中，其目的主要是实施道德训诫和进行精神指引。由于中世纪的法国女性在宫廷事务、家庭教育活动及口语表述传统方面扮演了重要角色，她们在抒情诗、小说、劝喻文及祈祷文等几种文学样式中形成了具有女性意识的独特话语，每一个中世纪的女性作家都以自己的方式与男性文学传统进行勇敢抗争，为这些文学样式的变革做出了不容忽视的贡献，可以说，女性对中世纪法语文学及文化的形成起到了推动作用。

第一节　玛丽·德·法兰西

法国中世纪最重要的女诗人是玛丽·德·法兰西（Marie de France，生卒年不详），其创作时期约为1160—1190年。玛丽·德·法兰西是法国文学史上记载的第一个女诗人，也是欧洲

---

[1]　玛丽·德·香槟，法国国王路易七世与埃丽诺尔·德·阿奎丹的女儿。

最早留下印记的女性作家之一，被视为早期不列颠系骑士故事诗方面的代表作家。玛丽·德·法兰西出生于法国，在某些宗教及政治原因的影响下，长期生活在英国国王亨利二世的宫廷里，其主要作品有《短篇故事诗集》(*Lais*) 和寓言诗集等。历史学家克劳德·福歇（Claude Fauchet）在发表于1581年的著作《法语和诗歌的起源》(*Recueil de l'origine de la langue et poesie françoise*) 中以玛丽·德·法兰西的作品《寓言》(*Fables*) 结语的第四行为依据确认了她的名字——"Marie ai nun, si sui de France"（"玛丽是我的名字，我来自法兰西"）。福歇还指出，玛丽·德·法兰西的寓言诗集中的英语资源来自一位威廉伯爵的翻译，据某些学者考证，这位伯爵即索尔兹伯里伯爵威廉·朗斯沃德（William Longsword，亦即 William Longespée），但也有学者认为是彭布罗克伯爵威廉·马歇尔（William Marshal）。在差不多与玛丽·德·法兰西处于同一时期的其他一些文献中也提到了她的名字，如当时来自萨福克郡伯里圣埃德蒙修道院的僧侣丹尼斯·皮拉穆斯（Denis Pyramus）在他的一篇文章《国王圣埃德蒙的生平》（"La Vie Seint Edmund le rei"，约1180）中，提到了一位"玛丽女士"（"Dame Marie"）及其创作的"诗歌"。这些都被现代研究者认定为玛丽·德·法兰西创作活动的确证。

玛丽·德·法兰西的作品内容主要表现的是身处恋爱中的女性，其中无论是处于不幸婚姻中的女子、深陷婚外情的女子，还是忠诚的妻子、坚贞的少女，抑或是未婚生育的女子，这些作品

第一章
法国女性书写的初现

中的女主人公都能勇敢地表达自己的感受,她们的经历及言行构成了作品的核心内容。玛丽·德·法兰西利用爱情与死亡、欲望与逾矩、生育与再生等交织在一起的各种主题,对女主人公的道德困境及解决方式给予了多种诠释。她还为婚姻不幸或遭受迫害的女性安排了具有传奇意味的光明结局,如找到精神归宿、骑马飞入仙境等。

《短篇故事诗集》共12首,是一部短篇浪漫故事诗集,在这部故事诗集中,玛丽·德·法兰西着重从嫉妒、忍让和自我牺牲等不同的情绪入手来描写爱情带给女性的种种变化,笔触细腻生动,富有感染力。在这部故事诗集的序言中,玛丽·德·法兰西表示,她本打算翻译一部拉丁语或法语的作品,但找不到合适的作品,于是她决定把自己听过的故事和看过的表演编纂起来,以飨世人。在这些故事中,描述骑士恋爱故事的《金银花》(*Le Chèvrefeuille*)较为知名。故事的主角是骑士特里斯坦(Tristan)与公主伊索尔德(Isolde),虽然他们的爱情以悲剧收场,但在作品结尾处,特里斯坦的坟墓上长出一株金银花,这株植物的根系在土壤中蔓延到伊索尔德的坟墓中,紧紧地包围缠绕着后者,一如二人生前难分难舍的爱恋。这种描写为故事情节增添了传奇色彩,同时使作品更加生动、更具感染性,使其赞颂忠贞不渝、生死与共的纯真爱情这一主题得到升华。

《短篇故事诗集》中的作品依据各自内容的容量不同具有不同的长度,短的如前述提到的《金银花》有118行,而长的如《艾利迪克》(*Eliduc*)则有 1 184 行，这表明玛丽·德·法兰西在创作中已经能够灵活运用相关的写作技巧来使自己的表述形式与具体内容相契合。在欧洲中世纪的骑士文学这类作品中，女性往往在爱情故事中属于被动性的角色，在核心性故事情节中属于被边缘化的人物。但在玛丽·德·法兰西的作品中，故事的开端往往由女性发起，女性在自身意愿的激发下发起行动，其个人情感和意愿在随后的情节发展中起到主导性的推动作用。通过仔细阅读作品，我们会发现，玛丽·德·法兰西笔下的女性在骑士文学中承担着更具核心意义的角色，这比当时人们通常认为的那种女性形象具有更大的突破性意义。由此可见，玛丽·德·法兰西在其《短篇故事诗集》中赋予女性以更大的情感自主性，以此显露出与其同时代男性作家迥异的道德观，体现出鲜明的女性视角，这对法国中世纪后期的传奇作品产生了很大影响。

玛丽·德·法兰西还将搜集到的民间故事编译成一部寓言诗集，题为《伊索》(*Ysopets*)。有学者认为，这部作品源于威塞克斯（Wessex）国王阿尔弗雷德（Alfred）对古希腊的《伊索寓言》(*Esope*)的英文译本，但原版本已佚失。玛丽·德·法兰西在这部寓言诗集中通过各类篇幅短小的故事塑造了机智狡黠的底层民众形象和残暴愚蠢的上层贵族形象，以鲜活的讽刺手法表达了对市民阶级和底层劳动人民的深切同情。这部寓言诗集中的很多内容都成为脍炙人口的小故事，在后世流传下来。

第二节　克里斯蒂娜·德·皮桑

在法国女性文学发展初期最重要的女作家是克里斯蒂娜·德·皮桑，她也被后世视为法国历史上职业女作家（femme de lettres）的前身。

克里斯蒂娜·德·皮桑出生于意大利，她的父亲是博洛尼亚（Bologna）一位富有的医生和占星家，后来还曾担任过威尼斯的市政官员。在克里斯蒂娜·德·皮桑出生后不久，她的父亲因学识渊博而被法国国王查理五世（Charles V）请去担任宫廷占星师。后来，克里斯蒂娜·德·皮桑与其母亲一起前往法国与父亲团聚，此后一生都再未离开法国。尽管生活在等级严格、规矩森严的宫廷里，但克里斯蒂娜·德·皮桑的父亲非常开明，他不仅鼓励女儿学习，还亲自教导她学习各种语言和古典文化知识。有赖于此，克里斯蒂娜·德·皮桑成为当时为数不多的受到良好教育的女性，这在中世纪的法国是难能可贵的。克里斯蒂娜·德·皮桑能够熟练掌握法语、意大利语和拉丁语，对许多优秀的古典作品都烂熟于胸。最重要的是，在汲取知识的过程中，克里斯蒂娜·德·皮桑也开拓了自己的眼界，具有更加敏锐的感受力和卓越的思考能力，这为她后来的写作生涯奠定了坚实的基础。

克里斯蒂娜·德·皮桑在15岁的时候与其父挑选的法国贵族青年结婚。她的丈夫也具有较好的学识，并且鼓励自己的妻子进行阅读和写作，这使得克里斯蒂娜·德·皮桑在婚后度过了一段非常幸福平和的时光。但是法国国王查理五世在1380年的突然去世给克里斯蒂娜·德·皮桑一家的生活带来了较大的波折。新国王查理六世（Charles Ⅵ）完全听命于他的叔父勃艮第公爵（Duke of Burgundy）菲利普（Philippe）摄政王，克里斯蒂娜·德·皮桑的父亲不再享有过去的荣光，他之前在宫廷里的地位和待遇也一并被剥夺。受此打击，克里斯蒂娜·德·皮桑的父亲于1385年病逝，克里斯蒂娜·德·皮桑夫妇俩也随之失去了庇护。雪上加霜的是，克里斯蒂娜·德·皮桑的丈夫在1390年间暴发的瘟疫中不幸染病离世，克里斯蒂娜·德·皮桑在经济上陷入严重的困境。26岁的克里斯蒂娜·德·皮桑在伤心之余还要照顾年幼的孩子们和年迈的长辈，她发现自己除了写作以外身无长物。在随后的几年中，克里斯蒂娜·德·皮桑一边忙于试图通过诉讼挽回父亲所剩无几的财产，一边忙于为摆脱经济困境而为那些达官贵人进献一些能够投其所好的作品。

在此后的岁月中，尽管克里斯蒂娜·德·皮桑备尝艰辛，但她依靠自己早年结交的一些朋友的资助和写作获得的赏赐渐渐渡过了难关，她在作品中显露出的才华也逐渐为时人所知。后来法国国王查理六世及其王后还曾因赏识克里斯蒂娜·德·皮桑的作品而专门定期给予她一定的资助，欧洲其他国家的宫廷贵族更向其发出了邀请，其中包括米兰公爵吉安·加利亚佐·维斯康蒂（Gian Galeazzo Visconti）和英国国王亨利四世（Henry Ⅳ），但克里斯蒂娜·德·皮桑始终没有离开法国。1415年，阿金库尔战役

第一章
法国女性书写的初现

（Bataille d'Azincourt）的失利使法国宫廷处于风雨飘摇中，克里斯蒂娜·德·皮桑离开法国国王的宫廷前往泊西修道院隐居，直至离世。

克里斯蒂娜·德·皮桑一生创作了包括诗歌、散文、寓言、小说等在内的多种类型的作品，这些作品涉及历史、神话、民俗等多方面的主题，显示出作者自身非凡的学识。她还与当时知名的文人和学者进行过广泛交流，并以出众的学识和见解赢得了众人的尊敬。特殊的生活经历使克里斯蒂娜·德·皮桑对女性的身份和处境有更多的感触，也促使她在写作中进行更加深入的思索。克里斯蒂娜·德·皮桑真正意义上的创作始于其丈夫去世后，她最初的作品形式主要是诗歌，通过这种抒情意味较为浓重的作品形式表达她对幸福时光的追怀、对爱侣的思念以及失去爱侣的伤痛。在这种具有普遍意义的主题下，相较于男性作家而言，克里斯蒂娜·德·皮桑的书写呈现出独具特色的优雅与真挚，极富感染力，这些作品也被翻译成多种语言在欧洲各国流传。克里斯蒂娜·德·皮桑早期创作的诗歌后来集结成《百首歌谣集》(*Cent Ballades d'Amant et de Dame, Virelays, Rondeaux*, 1402)，其中的作品按照主题进行了分组归类，有"寡妇的诗歌""从女士角度看待爱情关系的发展的诗歌"，以及"一个骑士和女士都具有发言权的爱情故事"等，较为全面地展现了她早期的创作风格和相关主题。

创作于1399年的诗作《致爱神的信》(*L'Épistre au Dieu d'amours*)是克里斯蒂娜·德·皮桑的代表作之一，作品以情书的形式，由丘比特以爱的殿堂之王的身份口授，写给世界各地所有忠诚的爱人，不仅兼具艺术性和思想性，更因其中讨论的问题在当时引起了极大的争论。在这篇诗作中，克里斯蒂娜·德·皮桑抨击了当时流行的另一首长诗《玫瑰传奇》(Roman de la Rose，约 1225—1230)①中对女性的贬损性描写。她认为，《玫瑰传奇》中通过刻意设置的情节表露出对女性的一种敌视态度和建立在刻板印象之上的负面情绪，这是完全违背事实的不合理的诽谤，反映出以作家本人为代表的男性对女性的仇视。克里斯蒂娜·德·皮桑的观点引发了一场激烈的文学辩论，这一争论在 1401 年演变成著名的"玫瑰论战"(又被称为"关于妇女的论战")，随后，发展成为席卷整个法国学术界的一场思想论争。当时的很多作家和思想家就女性的"真实本性"展开了论辩，他们各持己见，立场鲜明。其中一些名人，包括巴黎大学的校长和教务长等人，认同克里斯蒂娜·德·皮桑的看法，认为女性从其本性上看基本上是善良的，这方面与男性的本性处于同样的水准。而与此同时，有很多知名人士依旧固执地认为，《玫瑰传奇》中所描写的女性特点就是女性的真实本性：懒惰、贪婪、卑鄙。这场关于男性和女性本质的论战最终扩散到整个欧洲，并且延续了三

---

① 《玫瑰传奇》是法国中世纪市民文学的代表作之一，作者为吉约姆·德·洛里斯 (Guillaume de Lorris) 和让·德·墨恩 (Jean de Meung)。

第一章
法国女性书写的初现

个世纪之久。而克里斯蒂娜·德·皮桑通过写作为女性辩护这一行为的意义已经超越了作品本身的影响,有学者甚至认为,"这一举动本身便是一件重要的事,因为这是她以女性的身份在法兰西王国的文化生活中最早发出的女人的言论之一"[①]。

克里斯蒂娜·德·皮桑也有如《奥特尔致赫克托尔的信》(*L'Épistre de Othéa a Hector*, 1400)一类的以技巧性见长的作品。其基本形式呈现为复杂精巧的学术性文体,以简洁的文字叙述从历史素材中提炼出的寓言,继而在文学或历史性的阐释中分析寓言的真正含义,最终由此提炼出符合一定政治规范的道德标准。这类作品使许多上层社会的男性也成为其读者,这使克里斯蒂娜·德·皮桑的影响力超出了文学领域。1404年,法国当时的摄政王勃艮第公爵菲利普甚至请克里斯蒂娜·德·皮桑为已故的法国国王查理五世作传,而这部传记也被后世认为是查理五世时期宫廷生活的真实写照。

在其代表作《妇女城》(*Le livre de la Cité des Dames*, 1405)中,克里斯蒂娜·德·皮桑以薄伽丘的《名女传》(*De claris mulieribus*)为蓝本,构建起一个由杰出女性建造起来的理想王国。有感于女性此前一直只是被书写的对象,并且在各类男性作家笔下遭受了极大的不公,克里斯蒂娜·德·皮桑感到非常痛心,

---

① [法]米歇尔·索托等:《法国文化史Ⅰ》,杨剑译,华东师范大学出版社,2006年,第322页。

成为自己：
法国女性写作简史

她决心要为女性写一本"自己"的书。在《妇女城》中，克里斯蒂娜·德·皮桑假托有"理性""正直""正义"这三个女神找到她，请她为女性建造一座理想之城，以此来为女性正名，并为女性提供一个可以安心停驻的精神归所。《妇女城》这部作品由三部分内容组成，分别讲述了建造这个王国的缘由和基础、住宅的完工和居民的入住、塔楼和屋顶的完工。在城市建造的三个阶段，分别得到了理性女神、正直女神和正义女神的帮助。女性的勇敢、智慧和审慎是这座城市的基石，妇女城的居民们也都是具有高贵品质的女性，她们在德行方面无可挑剔。建成后的城市将成为所有优秀女性的理想居所和避难地。在这里，那些需要被清除的建筑垃圾是以往带着敌意污蔑女性的作品，而构成城市建筑基石的每一块石头恰是具有渊博的学识或独特才能的非凡女性所创造的智慧结晶。在《妇女城》这部作品中，克里斯蒂娜·德·皮桑在批判此前男性作家有关女性的错误认知和偏见的同时，更对女性的美好品质给予了全面的肯定。她认为，对于女性来说，重要的是"首先应该认清自己，了解自己身体的强弱，了解自身脆弱的倾向，然后根据上帝所召唤的天职，找到合适的生活方式"。克里斯蒂娜·德·皮桑试图通过《妇女城》这部作品为女性建造一个远离男性权威压迫的乌托邦。她在作品中表明，女性本身具有上帝赋予人类的一切高贵品质，只是在漫长的岁月里，在男性的压制和诋毁下，女性的价值一直无法实现，如果赋予女性与男性同等的权利，女性必将创造出属于她们自己的、更加完美的新世界。

第一章
法国女性书写的初现

此外,《妇女城》在承认性别基本差异的基础上也明确提出了男女平等的要求,维护了女性的价值和尊严,在男性权威统治的世界里发出了女性的声音,具有划时代的意义。

在《妇女城》之后,克里斯蒂娜·德·皮桑又创作了《淑女的三个美德》(*Le Livre des trois vertus*, 1407)作为前者的续篇。她设想在城市建造完成之后,"理性""正直""正义"这三种美德再次出现在皮桑面前,让她为现实社会中的女性写一本书,指导女性如何处理现实中的种种关系,如何应对各种不同的生活处境。如果说,克里斯蒂娜·德·皮桑在《妇女城》中为女性勾画了一个理想化的栖身之所,那么《淑女的三个美德》则在现实层面上为女性提出了生活中的多种可能性选择。

克里斯蒂娜·德·皮桑还创作了一些具有一定道德性和政论性意义的作品。在自传《克里斯蒂娜的洞见》(*L'Avision de Christine*, 1405)中,她梳理了自己过往的人生经历和思想旅程,意图从过去的经验中总结成败得失,找到生活的意义。在《政体论》(*Livre du corps de policie*, 1407)中,克里斯蒂娜·德·皮桑探讨了不同社会阶层的特定功能和职责;而在《论和平》(*Livre de paix*, 1413)中,她以法国当时混乱的政局为切入点,探讨了在不同政治派别之间形成共识对国家的重要意义。

克里斯蒂娜·德·皮桑的最后一部作品是《贞德之歌》(*Le Ditié de Jehanne d'Arc*, 1429),她在其中对圣女贞德进行了毫无保留的赞颂。她描写贞德在战斗时的英姿是"一个甚至没有注意到自己能承受多重武器的 16 岁小女孩——事实上，她的人生似乎都是为了这一刻而准备，她如此强壮、果断，她的敌人在其面前崩溃，无人可挡"。她认为贞德所取得的胜利具有极大的意义，"她收复宫廷和城市，她是我们人民的第一首领，连赫克托尔和阿喀琉斯都没有她这么强大的力量，这一切都是神的旨意"。这些具有昂扬气息的美妙诗句是圣女贞德生前唯一进行如此表述的法语作品。

纵观克里斯蒂娜·德·皮桑一生的创作，她的主要特征即在于在书写中流露出的对女性自身主体性的自觉意识。她不仅创作以女性为主体的文本，更在其文本中提出了诸多具有时代意义的命题，如女性的本性是怎样的、女性是否只能囿于某种被设定的社会身份、女性是否可以像男性一样自主选择生活方式等。克里斯蒂娜·德·皮桑以书写的形式全面介入了中世纪社会生活的方方面面，让我们得以了解法国中世纪女性存在形式的不同样貌，由她开创的女性写作传统也在后世法国女性作家的实践中得以传续。

第二章

法国女性书写的勃兴

　　法国在 15 世纪末与欧洲其他国家同步迈入了一个新的历史时期，这就是被后世称作"文艺复兴"的文化变革时期。印刷术的推广和世俗教育的兴起改变了人们的生活方式，也在一定程度上影响了女性的生活。从整个社会层面上看，出身下层的女性依然鲜有受教育的机会，只能在极小的范围内得到简单的技艺培训，如识字、纺织、剪裁等。上层社会中出身于开明之家的女性，能够在一定的指向性原则下得到更加广泛的教育，如语言文化、社交礼仪、家务管理及子女养育等，有时还可以得到音乐等艺术方面的培养。但这类教育的目的主要是保证女性在婚后尽快进入角色，符合其所属阶层地位的行为规范和道德准则。"她们接受的教育、她们的文化素养，包括她们在修道院学会的家务活计和手艺等，这些都与其掌管家政、护卫家人宗教信仰的贤妻良母形象相适应。"[①] 女性在接受

[①] ［法］阿兰·克鲁瓦、让·凯尼亚：《法国文化史Ⅱ》，傅绍梅、钱林森译，华东师范大学出版社，2006 年，第 184 页。

相应类别教育的同时被更加牢固地束缚在社会指派给她们的领域内，其性别角色及义务也再次被强化。尽管如此，从实践层面上看，更多的女性在接受教育的过程中提高了自身的文化修养，增进了对社会的了解，扩大了自己的精神视野，从而有了更多思索和表达的空间。更重要的是，丰厚的知识积累使更多的女性具备了判断和选择的能力，也使她们在思想上获得了一定程度的自由。女诗人露易丝·拉贝（Louise Labé, 1525—1566）就在致友人的信中称学习对女性而言是一种"高贵的自由"，并认为比起华服美饰来，"通过学习赢得的荣耀才真正属于我们"。[1] 可以说，文艺复兴时期的教育增强了女性独立思索的能力，进而造就了早期的知识女性群体，女性书写在人文主义思潮的推动下逐步发展起来。

　　文艺复兴时期法国的女性作家大多出身于宫廷和开明的贵族阶层，少数出身于富裕的平民家庭。这些女性作家在创作上大多依托于自己的生活和情感经历，不仅具有强烈的主观色彩，也体现出较强的性别意识。虽然这些女性作家在作品体裁和创作手法上大多模仿意大利早期人文主义者，如薄伽丘和彼得拉克等人的作品，但她们在作品中往往着力强调自己作为女性的独特感受和有别于男性的视角，在张扬个性的同时体现出女性书写的特异性。

---

[1] ［法］马格丽特·金：《文艺复兴时期的妇女》，刘耀春、杨美艳译，东方出版社，2008年，第230页。

第二章

法国女性书写的勃兴

第一节 玛格丽特·德·纳瓦尔

玛格丽特·德·纳瓦尔（Marguerite de Navarre, 1492—1549）是法国文艺复兴时期较有影响的女作家之一。她是法国国王弗朗索瓦一世（François Ⅰ）的姐姐，先后与阿朗松公爵和纳瓦尔国王亨利二世（Henry Ⅱ）结过婚。玛格丽特·德·纳瓦尔自幼接受了良好的教育，通晓多种语言，对古希腊罗马文学和同时代的人文主义文学有浓厚的兴趣。很多向她传授知识的学者都是人文主义者，这使她具有较为广博的知识视野和人文主义情怀。在玛格丽特·德·纳瓦尔日常交往的学者中有克莱芒·马罗（Clément Marot, 1496—1544）、弗朗索瓦·拉伯雷（Francois Rabelais, 1494—1553）和艾蒂安·多雷（Etienne Dolet, 1509—1546）[1]等人，她一生都保持着与同时期的学者以各种形式探讨问题的好习惯。玛格丽特·德·纳瓦尔是一位虔诚的天主教徒，但她主张对教会内部进行适当的改革，重点在于改变神职人员的贪腐和渎职状况，她还尝试将《圣经》翻译成普通民众都能阅读的法语形式，以使其更好地适应时代需求。她对新教徒持宽容和理解的态度，在自己的领地里推动宗教改革，为新教徒提供庇护。许多新教徒和人文主义者都把她的领地当作避难所，以逃脱宗教异端的指

---

[1] 艾蒂安·多雷，法国文艺复兴时期的人文主义者，被教会以无神论者的罪名处以绞刑。

控,免遭迫害,其中最著名的人物当属宗教改革家约翰·加尔文(Jean Calvin, 1509—1564)。玛格丽特·德·纳瓦尔还时常以自己的政治见解为法国国王弗朗索瓦一世出谋划策,尽管她后来与纳瓦尔国王亨利二世离异后隐居在内埃拉,但她在政治和军事等方面依然享有一定的威望。

玛格丽特·德·纳瓦尔在1520年左右开启了写作生涯,早期创作的是一些具有神秘主义色彩的诗歌,如宗教长诗《罪孽灵魂的镜子》(*Miroir de l'âme pécheresse*, 1532),这首诗拥护福音派的思想,并将其与神秘主义相结合,从家庭和心灵成长的角度阐释了个体与上帝的关系,曾被索邦神学院(Collège de la Sorbonne)列入支持宗教改革类的作品。到1530年左右,她开始创作短篇小说,后来这些作品被收录成集于1558年出版,出版时定名为《七日谈》(*Heptaméron*),这部小说集中的许多篇目是她在法国旅行时创作的。1540年左右,玛格丽特·德·纳瓦尔也创作了一些短剧,但成就不高。

小说集《七日谈》是玛格丽特·德·纳瓦尔的代表作。《七日谈》在作品形式上模仿薄伽丘的《十日谈》,以因洪水阻路暂避修道院的五对贵族男女讲故事为基本框架,共有72篇故事。故事多为世俗趣闻,有的反映教士的伪善、荒淫和贪婪,有的表现男女青年的婚恋波折,在每个故事后面还有一段评论,集中反映作者的态度和感受,这使整部作品有别于单纯讲故事的通俗小说。

玛格丽特·德·纳瓦尔在《七日谈》中对法国当时的社会状

第二章
法国女性书写的勃兴

况进行了较为真实、详尽的描摹。作品中有大量关于法国各种行业特点、地方风俗及人们日常着装样貌、生活习惯等方面的描写，使读者能够对当时法国的社会情境有生动的体认。除此以外，玛格丽特·德·纳瓦尔在《七日谈》中把更多的笔触放在了男女两性的婚恋关系上，用诸多不同的故事情节来探讨与此相关的问题。在第8个故事中，她认为爱情是提升个体道德和精神境界的最好动力。在第18个故事中，她认为女子在恋爱中要谨慎和自重，由于女子所面临的危险要比男子更大，因此不能只听追求者的表白，而要看对方的品德。在第19个故事中，她又探讨了什么是真正的爱情，认为"完美的情侣是在他们所爱的人中寻找美、善和优雅的集合"，完美的爱人是追求美、善良和优雅的，因为人的心灵本身是趋善的。在第20个故事中，她甚至宣称"热烈相爱的光荣没有什么羞耻"，但这种纯粹的爱却与肉欲没有必然的关联。虽然在作品的总体形式上采用了《十日谈》的基本形式，但玛格丽特·德·纳瓦尔却在字里行间表露出对《十日谈》中轻视、贬低女性的批判态度。她在第26个故事中先借人物之口集中罗列了一些男性对女性的普遍印象，如善于伪装、狡猾、阴险等，继而对这些看法进行了批驳，认为那些都并非女性的本质特征，在社会陈规和诸多偏见的压迫下，女性一味善良和隐忍往往使她们遭受不幸，只有表现出强悍聪明的一面才能自保并获得幸福，而男性并不愿意看到女性有胜过自己的优秀品质，所以才要千方百计诋毁女性。

从作品特点上来看，《七日谈》中的故事篇幅都比较短小，叙事铺陈较为简洁，语言精准幽默，人物对话也较为生动有趣。《七日谈》与以往同类作品最大的不同之处在于每篇故事后面增加了作者的评论，作者在故事结尾处会讨论事件的成败得失并引申出对其他相关问题的探讨，颇有摆事实讲道理的意味。玛格丽特·德·纳瓦尔以这种独特的述评形式表达了自己对当时的习俗和道德观念的看法，赞颂了纯真的爱情，肯定了青年男女对婚恋自由的追求，对当时流行的贬损女性的观念给予了有力的反驳，在揭露贵族道德虚伪残忍的同时批判了教会中存在的腐败现象。《七日谈》的价值在于，"它表达了女性解放的思想，同时也表达了一个不屑于索邦神学院宗教谴责的王姊坚守个人思想的决心，表达了她忠实于自己的宽容态度的信念，以及由此而表现出的国王之姊的完美风范"[①]。

第二节　佩奈特·杜·吉耶与路易丝·拉贝

继玛格丽特·德·纳瓦尔之后，法国在 16 世纪较为著名的女诗人是佩奈特·杜·吉耶（Pernette du Guillet, 1520—1545）和路易丝·拉贝，两人都生长在里昂，都对彼特拉克推崇备至，在诗作特点上也有很多共同之处。

佩奈特·杜·吉耶出身于里昂的一个贵族家庭，幼时勤勉

---

① [法]阿兰·克鲁瓦、让·凯尼亚：《法国文化史Ⅱ》，傅绍梅、钱林森译，华东师范大学出版社，2006 年，第 113 页。

第二章
法国女性书写的勃兴

好学，1538年与杜·吉耶结婚。1536年，她遇到了当时"里昂派"的诗人莫里斯·塞夫（Maurice Scève，约1501—1564），并成为他的学生。此后，表达"爱而不得的情感"一度成为佩奈特·杜·吉耶诗歌创作的主题。莫里斯·塞夫在1544年出版了诗集《戴莉》(*Délie*)，这部诗集据说是献给佩奈特·杜·吉耶的。而佩奈特·杜·吉耶创作的诗歌则在1545年她离世后由其丈夫出版，诗集名为《形容善良贤惠的女士的诗句》(*Rymes de gentille et vertueuse dame*)。

《形容善良贤惠的女士的诗句》中的作品类型几乎囊括了法国文艺复兴早期流行的抒情性作品的所有体裁，包括警句、谣曲、书信和挽歌等，这些诗作反映了新柏拉图主义和彼特拉克传统对当时法国文坛的影响。诗集中的许多作品抒写了作者自己在爱情中的情感体验，她将自己创作的灵感归因于所爱之人的博学和雄辩。后世研究者往往把佩奈特·杜·吉耶与莫里斯·塞夫两人的创作活动关联在一起，认为二者在创作方面是互相启发的关系。从具体作品看，佩奈特·杜·吉耶的诗作深受"里昂派"十四行诗的影响，其中一些作品的风格也带有克莱芒·马罗和新柏拉图主义的痕迹。从总体上看，这部诗集的主题所展示的是个体如何通过爱情的洗礼提升精神和智力的这一过程，在这一过程中，纯洁的情感和对灵魂净化的渴求战胜了肉体的欲望。佩奈特·杜·吉耶的丈夫在《形容善良贤惠的女士的诗句》第一版的序言中形容自己的妻子是一位兼具才学和美德的女性，他认为她的诗作应该被更多人阅读。《形容善良贤惠的女士的诗句》自首次出版后即颇受欢迎，在后来的几个世纪不断再版，仅在19世纪就再版了三次。也许这部作品最具吸引力的地方在于，佩奈特·杜·吉耶以一种较为平实的方式表达了女性对纯净情感的渴求，她使人们意识到，美好的爱情可以激发人的创造力，给予灵魂更多的提升动力，在这一点上，女性与男性别无二致。

相较之下，与佩奈特·杜·吉耶同时期的女诗人路易丝·拉贝在文学创作方面的成就更加突出，也更具代表性。路易丝·拉贝出身于里昂富裕的制绳商之家，她的母亲是其父亲的第二任妻子。在她出生后不久，母亲就因病去世，她的父亲旋即再婚。有证据表明，路易丝·拉贝在很小的时候被送至修道院学习，她在那里获得了非常完备的人文主义教育。路易丝·拉贝还学习了骑马、射箭等技能，经常着男装参加骑射活动。据她早期的传记作者描述，路易丝·拉贝曾女扮男装参加过在里昂为迎接法国国王亨利二世举行的比武活动，并且在比赛中获胜。她甚至还以男装骑士的身份参加了亨利二世在佩皮尼昂城（Perpignan）对西班牙的军事行动。这些行为使她在当时成为颇受瞩目的人物，也令她饱受非议。

1543年左右，路易丝·拉贝遵从父亲的遗嘱嫁给了里昂制绳商埃内蒙德·佩兰（Ennemond Perrin），尽管二人之间互不了解，也毫无共同语言可言。路易丝·拉贝坚持在婚后继续自由出入社交圈，而且在自己周围形成了一个具有一定风格特征

第二章
法国女性书写的勃兴

的文学圈子，时人称其为"里昂派"。在 16 世纪上半叶，里昂因特殊的地理位置成为法国的一个文化中心，当时正处于蓬勃发展中的文艺复兴运动也使这座城市形成了独特的文化氛围。路易丝·拉贝举办了一个文学沙龙，当时许多在里昂活动的诗人和人文主义者都是其沙龙的长驻宾客，包括克莱芒·马罗和佩奈特·杜·吉耶等。而路易丝·拉贝也因自己的才华成为沙龙里的核心人物，并得到了一些诗人的爱慕，有些人还将自己的诗作题献给她。但是这些活动却使路易丝·拉贝遭受了来自正统人士的更多非议。1560 年，加尔文曾在一篇教谕类文章中提到路易丝·拉贝有悖世俗常情的种种行为，并在文章中称她为平民娼妓，后世学者们却从加尔文的这些言辞间感受到了他对路易丝·拉贝的恶意及因对这种行为无可奈何而生出的怨愤。1564 年，里昂暴发了瘟疫，这场瘟疫夺走了路易丝·拉贝一些朋友的生命，这对她的精神造成了一些影响。1565 年，出于身体原因，她从社交活动中退隐。1566 年路易丝·拉贝去世后被埋葬在她位于里昂郊外的庄园中。

路易丝·拉贝留存下来的作品主要集中在她的《作品集》(*Oeuvres*)中，虽然其中的诗作篇幅都不是很长，但她在其中使用了多种体裁（书信、十四行诗、挽歌、散文、对话）来表达共同的主题，体现出较为成熟的文学创作技巧。1555 年，路易丝·拉贝从当时的法国国王亨利二世那里获得了一项特权，用以保护她出版自己作品的专有权，为期 5 年。同年，她的诗集《作品集》由里昂著名的印刷商让·德·杜尔涅（Jean de Tournes）出版。《作品集》的序言是一封写给年轻的里昂贵族女性克蕾曼丝·德·布尔日（Clémence de Bourges）的信，她在其中呼唤里昂的女士们加入作家的事业中来，这可以视作16世纪女性争取自由写作权的一份宣言。她的诗作包括3首奥维德英雄风格的挽歌和24首借鉴新柏拉图主义和彼特拉克主义传统的十四行诗。路易丝·拉贝的十四行诗的主题是对深挚爱情的向往，难能可贵的是，她在诗作中始终以一种平视的姿态来看待爱情，在她的字里行间，爱情是个体日常生活的一部分，它既不代表抽象的彼岸世界，也不会是一种人生完满状态的必然构成。《作品集》中以她此前创作的十四行诗和散文诗为主。她的作品在形式上喜欢模仿彼特拉克的诗作，对情感的表达更为直白激烈，更具感染力。这部诗集在路易丝·拉贝的作品后面还附有一些由她同时代的男性作家献给她的诗作，题为"各种诗人的作品，赞美里昂的路易丝·拉贝"（"Escriz de divers poetes, a la louenge de Louise Labé Lionnoize"），这些诗作不仅在唱和间尽显"里昂派"的艺术风格，而且与路易丝·拉贝的诗作形成对照，在一定程度上是对其批评者的有力回应。《愚蠢与爱的争辩》（*Débat de Folie et d'Amour*）以寓言的形式表达了《作品集》中的主题，是她最受推崇的作品，后来也成为让·德·拉·封丹（Jean de la Fontaine, 1621—1695）寓言故事的来源，并于1584年由英国戏剧作家罗伯特·格林（Robert Greene）翻译成英文。

因其特立独行的行事风格和文学成就，路易丝·拉贝的同时

第二章

法国女性书写的勃兴

代人把她比作萨福（Sappho）①，并称赞其为第十位缪斯。女性的特殊身份使路易丝·拉贝没能与同时代七星诗社（La Pléiade）②的男性诗人一样享有同等的声誉，直到20世纪初，她的诗作被诗人里尔克（Rilke）发现后才逐渐引起现代研究者的注意。里尔克认为，路易丝·拉贝的诗歌并没有像其同时代的其他诗人那样以华丽的辞藻或夸张的修辞来增强诗歌的抒情效果，而是采用既简洁又巧妙的形式来使诗歌的表达方式更加灵动，是法语诗歌创作中较早以如此激烈和淳朴的方式来表达激情的典范。路易丝·拉贝以女性的身份直言不讳地讲述自己的恋情，表达对真爱的渴望与追求，描述自己在恋爱中的真实感受。更重要的是，她以自己的博学大量引述典籍和神话中的例证，并试图以此说明：爱情使男性变得盲目，而女性应该在恋爱中享有与男性同等的权利，甚至可以由女性来引导男性。这种观点是与当时流行的对女性的普遍看法相悖的。她在诗作中表述的关于女性的本性是什么，或者是什么使女性值得赞扬或应受谴责的相关主题也极具反传统的意味，这些都使路易丝·拉贝呈现出鲜明的超越性。或者可以说，在路易丝·拉贝的生活和创作中，具有了更加明显的女性本体意识。"她对同时代女性状况的意识具有明显的现代特质，这种看法在稍后的16世纪甚或更晚的女

---

① 萨福，出生于约公元前630—前612年之间，死于公元前570年左右。她是一位古希腊的抒情女诗人。
② 七星诗社，指16世纪法国的一群诗人。

作家身上将会得到回应。"①

第三节　玛格丽特·德·瓦卢瓦与玛丽·德·古尔内

除了小说与诗歌这两种创作形式外，16世纪法国女性作家在回忆录和散文创作方面也取得了一定成就，前者以玛格丽特·德·瓦卢瓦为代表，后者以玛丽·德·古尔内为代表。

玛格丽特·德·瓦卢瓦（Marguerite de Valois, 1553—1615，也被称为"玛戈王后"）是法国国王亨利二世之女，美丽聪颖，作为政治与宗教双重利益调和的结果于1572年嫁给新教领袖纳瓦尔国王亨利·德·波旁（Henri de Bourbon，也被称为"亨利·德·纳瓦尔"，即后来的法国国王亨利四世），婚礼后发生了法国史上闻名的"圣巴托罗缪（Saint-Barthélemy）之夜"惨案②。亨利·德·波旁在被胁迫之下改宗得以幸免于难，在被囚禁三年后逃回自己的领地。玛格丽特·德·瓦卢瓦在历经磨难后于1599年结束了与亨利·德·波旁的这段婚姻，她的几位兄长和前夫在几十年间先后成为法国国王。

---

① Edited by Sonya Stephens, *A History of Women's Writing in France*, Cambridge University Press, 2000, p.52.
② 有历史学家认为，1572年8月24日，当时的法国王太后凯瑟琳·德·美第奇（Catherine de'Medici, 1519—1589）借这场婚礼策划了针对前来观礼的数以千计的胡格诺派（Huguenot）教徒的屠杀，由此引发法国内部更为激烈的宗教战争，导致法国政局持续动荡几十年。

第二章
法国女性书写的勃兴

在法国王位更迭、社会动荡的十余年间，玛格丽特·德·瓦卢瓦开始撰写关于自己过往生活经历的《回忆录》(*Mémoires*)。这部《回忆录》堪称法国历史上第一部完全由女性撰写的自传，和以往由男性撰写、以记录公共性历史事件为目的的回忆录相比，这部作品更具个人化的私密色彩。玛格丽特·德·瓦卢瓦在《回忆录》中引入了大量来自自己生活中的真实细节，记述了自己从童年到成年的经历，并从家庭成员的角度讲述了她的兄长们和前夫的生活。我们有理由认为，这既是一种重述历史的过程，也是一种自我审视的过程。《回忆录》中还有作者以亲历者的视角对具体事件的评说，表达出特定的历史观和政治观。《回忆录》文笔优美，以一种直观的当代视角勾画出生动的时代画卷，极大地还原或者说重构了当时的历史情境，具有文学和史学的双重意义。

与玛格丽特·德·瓦卢瓦同时期的玛丽·德·古尔内是活跃于文艺复兴晚期的女作家，以其作品中超前的女性意识为后世所称道。玛丽·德·古尔内出身于小贵族家庭，其父纪尧姆·勒·贾斯 (Guillaume le Jars) 来自桑塞尔地区的一个小贵族家庭。其母让娜·德·阿克维勒 (Jeanne de Hacqueville) 出身于一个法学世家，其外祖父和舅舅都是当地小有名气的作家。1578年，玛丽·德·古尔内的父亲去世后，她与母亲和兄弟姐妹一起搬到了阿尔隆德河畔居住。她自幼酷爱文学，不仅自学各种语言，还阅读了很多古典文学作品。十几岁的时候她已经能流利使用拉丁文和希腊文，对文学作品形成了自己独到的见解，对普鲁塔克

（Plutarchus）和其他斯多葛派（Stoics）[1]作家的作品颇有研究。

玛丽·德·古尔内最为后世称道的是她与米歇尔·德·蒙田（Michel de Montaigne, 1533—1592）之间的交往。在早年接触过蒙田的散文后，玛丽·德·古尔内就对其产生了极大的兴趣，这种热情使她后来成为蒙田作品最执着的维护者。1588年，玛丽·德·古尔内曾与蒙田有过一次会面，继而发展出持续一生的友谊。1594年，玛丽·德·古尔内还创作了中篇小说《蒙田先生的长廊》(*Le Proumenoir de Monsieur de Montaigne*)，她在其中描述了自己与蒙田交往的经历，并阐释自己对蒙田作品的理解。蒙田后来甚至将玛丽·德·古尔内认作自己的养女，二人以各种形式交流彼此在文学艺术方面的看法，这种有益的探讨一直持续到1592年蒙田去世。1593年，受蒙田遗孀之托，玛丽·德·古尔内开始为蒙田编辑整理遗作，她后来一生都在致力于尽善尽美地完成这项工作。玛丽·德·古尔内不仅以评论者的角度为蒙田的《随笔集》(*Essais*)作序，还翻译了作品集中的拉丁文引文，为蒙田作品在后世的流传做出了巨大贡献。

在此后的几十年间，玛丽·德·古尔内主要在巴黎的沙龙和宫廷中游走。她的经济状况非常不稳定，她试图通过写作、翻译和编辑出版物谋生，一些人嘲笑她的窘迫和卑微，另一些人却为

---

[1] 斯多葛派，古希腊的哲学派别，约公元前308年由西提翁的芝诺（Zeno of Citium）创立。

第二章
法国女性书写的勃兴

她的坚强自立而赞叹。玛丽·德·古尔内逐渐以自己的写作才能获得了时人的认可，她一度成为玛戈王后、玛丽·德·美第奇①和路易十三的专职创作者，这对她而言既是一种相对稳定的经济来源，也是一种不可多得的保护。后来为了表彰她的文学才能，红衣主教黎塞留（Richelieu）于1634年授予她国家养老金以使她能够安心创作。同一时期，在她的协助下，法国重要的学术机构法兰西学院得以建立。她与欧洲其他国家的杰出女性也保持着通信联系，互通有无，如生于德国长于荷兰的女艺术家安娜·玛丽亚·范·舒尔曼（Anna Maria van Schurman, 1607—1678）。1645年，玛丽·德·古尔内在去世后被安葬在巴黎的圣尤斯塔斯教堂。

在当时，作为一名立志以写作为职业的女性，玛丽·德·古尔内在一路前行中遭受了太多的指责，她用她的作品进行了有力的回应。玛丽·德·古尔内的作品种类有诗歌、散文、小说等几个类别，涉及诸多主题，哲学和伦理学是其中较为集中的两个方面。她的代表作为阐述女性主义观念的小册子《论男女平等》（*Egalité des hommes et des femmes*, 1622）和《女性的申诉》（*Grief des dames*, 1626）。她在这两部作品中首次提出了两性平等的观念，并主张男女应平等地享有接受教育和担任公职的权利。在《论男女平等》中，玛丽·德·古尔内以引述古今具有权威性的思想家[如普鲁塔克、塞内卡（Seneca）、伊拉斯谟（Erasmus）和波利奇

---

① 玛丽·德·美第奇，亨利·德·波旁的第二任妻子。

亚诺（Politian）等人］及早期教父和神圣经典中的话语为自己的论辩开辟了一条新的路径。她指出，如果这些备受尊崇的古今贤哲都肯定了女性的美德，那只能说明否认女性美德的男子本身缺少智识。玛丽·德·古尔内还从《圣经》和教会的发展历史中找出丰富的例证，以此来证明性别平等的传统是古已有之的。在她看来，《圣经》在开篇《创世记》中就表明，男性和女性都是按照上帝的形象被创造出来的，除了在繁衍后代的事务中有所分工外，二者生而同质。因此，二者具有同样的理性反思能力，并且理所应当在所有事务上享有相同的权利和义务。玛丽·德·古尔内还特别举了抹大拉的马利亚（Mary Magdalene）为例来论证这个观点。在《圣经》文本中，抹大拉的马利亚是第一个被指定宣布基督复活消息的门徒，并拥有"使徒之使徒"的头衔，她还会经常从事向信众讲道的活动。由此可见，女性和男性无论在管理教会还是从事神圣事业上，都应该享有同样的权利。玛丽·德·古尔内在作品中还批判了圣保罗对女性设定的种种限制，认为这些不过是男性用来防止女性更受民众欢迎的手段。在《女性的申诉》中，玛丽·德·古尔内强调了教育对女性的重要性，指出女性的弱势只源于后天缺少受教育的机会，她还为自己没有被时人严肃地作为知识分子看待而深感不平，她责备男性只以虚伪的文雅礼节对待女性而拒绝与女性进行真正的知识性对话，她认为这其实正反映了男性试图掩盖自己视女性为对手的恐惧心理。

　　玛丽·德·古尔内还经常在她的论文中以蒙田式的随笔形式

第二章
法国女性书写的勃兴

阐述自己的观点，倡导针对不同时代和不同接受者的人文主义教育模式，她更强调对古典语言的习得首先应从个体兴趣和具体实用性出发，而不只是将其视为一种技艺和工具。她的这些观点也在一定范围内引发了学者们的争论。在当时一些古典学的学者看来，维吉尔（Virgil）[①]的作品经由玛丽·德·古尔内从拉丁语翻译成法语后，不仅精准地保留了原作古雅的风格，更具有清新婉转的美感，使人耳目一新，译者本人理应受到尊敬。

在《关于法国儿童的教育》(*De l'éducation des Enfans de France*, 1626)中，玛丽·德·古尔内阐述了教育的道德本质。在她看来，通过训诫和树立榜样来鼓励学生培养美德是较为有效的教育方式，而美德不是人类天性的自然结果，人类的道德提升取决于具有选择权和自由意志的那部分特质。如果个体试图在信仰、美德和理性等方面取得进展，就一定要通过后天不断加强相关方面的训练才能取得效果。同样的道理，教育也必须建立在自然天性的基础上，以培养学生的道德品质为前提，因为成年人的自由意志很大程度上是源于早年被培养的道德倾向性的影响。

玛丽·德·古尔内被现代学者视为法国第一位对文学批评做出贡献的女性作家，她也是较早明确表达男女平等意愿的女性之一。可以说，在男女平权的意义上，玛丽·德·古尔内的女性书写具有更加深远的划时代意义。"文艺复兴时期的女作家以具有

[①] 维吉尔（公元前70—前19），古罗马时代的诗人。

女性意识和女权色彩的思考方式提升了人文主义的内涵,使其观念拓展到涵盖整个人类的层面。正是因玛丽·德·古尔内的存在,这一进程在 17 世纪之初才有了结果。"[1]

---

[1] Edited by Sonya Stephens, *A History of Women's Writing in France*, Cambridge University Press, 2000, p.62.

第三章

17世纪的法国女性作家

自17世纪初开始,法国的几位国王都以巩固王权为宗旨,限制贵族权利,镇压民众的叛乱,推行中央集权政策,法国的君主专制体制和绝对王权得到空前发展,具有专制权威的意识形态占据了主导地位。与此同时,失去政治权势和经济威力的贵族阶层逐渐转向文化领域,试图以构建精英文化生活的形式与王权分庭抗礼,沙龙及沙龙文化的兴起即反映了这一意图。这种非官方的社交形式以探讨文学艺术为主旨,讲求优雅的交往礼仪和谈话技巧,同时发挥了汇聚信息、传播信息的功效,因而在当时的社会中扮演了重要的角色。沙龙成为发布文学作品、品评文学作品、交流新思想、讨论制定新的语言文字规范的重要空间,"这些光彩夺目的社交中心产生了新的文学风格。诗歌和戏剧作品开始带上文学批判的痕迹"[1]。

---

[1] [法]艾米丽亚·基尔梅森:《法国沙龙女人》,郭小言译,中国社会科学出版社,2003年,第4页。

自1608年德·朗布依埃夫人（Madame de Rambouillet, 1588—1665）创办"蓝色沙龙"（chambre bleue）起，沙龙活动几乎全部由女性来主持。在此后近两百年的时间里，女性通过主导沙龙文化的方式对法国社会文化生活的变迁及文学的发展起到了巨大的推动作用，而那些教养良好、才智出众、品位超群的沙龙女性也一度被冠以"雅女"（précieuse）的称号。她们以自己的才学和社交技巧控制着沙龙活动的礼仪、谈话主题和行动节奏，将具有严肃意义的学术活动与时尚的消遣形式完美地结合在一起，构筑起一种新的时代精神，为后来的启蒙运动奠定了基础。女性的思想光芒闪耀在沙龙的日常生活中，沙龙也为女性提供了施展才能的空间。可以说，正是在沙龙这个特殊的情境中，女性的自主性和创造性得到了时代的认可。

写作是沙龙的标志性活动之一，尽管在当时，像此前玛丽·德·古尔内这样的职业女作家还未得到普遍认可，"雅女"们也只是把写作当作娱乐和展示才华的一种方式，全然没有成为作家的目的，但她们具有独立意识的生活方式以及在作品中对女性自身才能的认识和发掘却显现出一定的现代意味。"就法国而言，当时不超过一半的女性能写自己的名字，即便在大城市也是如此。但是在沙龙这个环境中，这些少数女性中的少数成了精英。毫无疑问，如果不是这些精英女性的存在，其他更广大的女性主体不会意识到她们缺少了什么，她们想要什么。在一个由男性缔造并且服务于男性的社会中，所有的变革都只能求诸女性自身。"①

这一时期涌现出的女作家人数众多，她们大多无意在男作家制定的规范下循规蹈矩，抛弃了戏剧这种古典主义文学的经典表现形式，转而在小说这种更加灵活、更易于表达个性化思想感情的文学样式上开辟自己的领地。这一时期女性作家的主要成就表现在小说创作领域，她们在作品容量和反映生活的广度方面都有所拓展。尤为重要的是，她们更加深入细致地反映了女性特有的内在精神世界，传达了具有鲜明时代特征的女性价值观、道德观和个体心理感受。

玛德莱娜·德·斯居代里（Madeleine de Scudéry）、德·塞维涅夫人（Madame de Sévigné）和德·拉法耶特夫人（Madame de La Fayette）是17世纪沙龙女作家这一群体的代表人物。

第一节 玛德莱娜·德·斯居代里

玛德莱娜·德·斯居代里（1607—1701）出身于没落贵族家庭，幼年双亲亡故，她与兄长乔治·德·斯居代里（Georges de Scudéry, 1601—1667）②由担任牧师的叔父抚养长大。兄妹二人接受了全面而优质的教育，他们进行广泛阅读，学习语言和写作技

---

① Natalie Zemon Davis, Arlette Farge, Michelle Perrot, Georges Duby, *A History of Women in the West: Renaissance and Enlightenment Paradoxes*, Harvard University Press, 1993, p.397.
② 乔治·德·斯居代里，17世纪法国剧作家。

巧，以绘画和音乐等形式增强艺术素养，甚至还接受了实用医学、农业和家庭经济等方面的实用性教育，这些都为他们未来的社交生活奠定了良好的基础。正是在此期间，玛德莱娜·德·斯居代里形成了对历史类作品的浓厚兴趣，史诗类的主题成为她后来小说创作的主要方向。她还从蒙田的作品中感受到了哲学的魅力，初步形成了自己具有怀疑主义倾向的哲学观念，并经由普鲁塔克的作品走向了斯多葛派的理性思维、个人意志和道德哲学。

在叔父去世后，玛德莱娜·德·斯居代里与兄长一起定居于巴黎。初时，乔治·德·斯居代里以年轻剧作家的身份出入于巴黎的各个沙龙，他也把自己的妹妹带入了这个热闹的社交场。玛德莱娜·德·斯居代里是德·朗布依埃夫人主持的"蓝色沙龙"的常客，与她同时期的沙龙常驻客人有皮埃尔·高乃依（Pierre Corneille, 1606—1684）[1]、德·拉法耶特夫人、勒内·笛卡尔（René Descartes, 1596—1650）[2]等，尽管这些沙龙客人在政治、哲学、文学、艺术等多个领域的诸多观点并不一致，但这并不妨碍他们在沙龙的交流活动中畅所欲言、各抒己见，沙龙的总体氛围是友好、欢畅、兼容并蓄的。玛德莱娜·德·斯居代里精通西班牙语和意大利语，知识视野广博，艺术才华出众，一时间成为沙

---

[1] 皮埃尔·高乃依，17世纪法国古典主义悲剧的代表作家，法兰西学院院士。
[2] 勒内·笛卡尔，法国哲学家、数学家。

龙的宠儿，甚至有人将其誉为"萨福"。

1653 年，玛德莱娜·德·斯居代里与兄长迁居到新住所，她由此开始独立主持自己的沙龙——"萨福的星期六"。她主持的沙龙经常高朋满座，出入沙龙的人当中不乏德·拉法耶特夫人、斯卡隆夫人①、保罗·佩里松（Paul Péllisson, 1624—1693）②、让·拉辛（Jean Racine, 1639—1699）③等社会名流，与这些人保持长期交往也使玛德莱娜·德·斯居代里及其沙龙更受瞩目。她常常参与一些文坛的论战，还曾公开表态支持法国国王路易十四为巩固王权所采取的一系列针对地方贵族的措施。1671 年，因其在论文《论荣耀》("Discours de la gloire")中出色的技巧和论辩性，法兰西学院向玛德莱娜·德·斯居代里颁发了雄辩奖。玛德莱娜·德·斯居代里在作品中阐述了自己对于女性地位的看法，她一面强调女性加强自身修养的重要性，一面申明女性应避免成为单纯的学究，主张在一种"温文儒雅"的交往方式中使男女两性形成互相尊重、互相爱慕的情感模式。1684 年，位于意大利帕多瓦（Padua）的里可夫拉蒂学院推举她为该学院学术委员会的

---

① 原名弗朗索瓦丝·多比涅（Françoise d'Aubigné, 1635—1719），曾与诗人保罗·斯卡隆结婚，在其丈夫去世后进入路易十四的宫廷服务，路易十四赐其曼特农夫人（Madame de Maintenon）的名号，1683 年与路易十四结婚。
② 保罗·佩里松，17 世纪法国作家。
③ 让·拉辛，17 世纪法国古典主义悲剧的代表作家。

正式会员。与此同时，同时期也有很多人质疑玛德莱娜·德·斯居代里的文学成就和知识水平，认为她在创作方面模仿前人的成分居多，在文学批评方面毫无新意，其哲学观点也多是来源于他人的言论。这些看法在一定程度上影响了后世读者对玛德莱娜·德·斯居代里文学作品的接受。因担心失去自由，玛德莱娜·德·斯居代里终身未婚，与保罗·佩里松保持了长达半个世纪的精神恋爱。1701年，玛德莱娜·德·斯居代里去世后被安葬在巴黎圣尼古拉·德·香普教堂。

玛德莱娜·德·斯居代里的作品类型较为多样化，有小说、对话、演讲词和书信等，历史小说是其最早尝试的作品类型。1641年，她以兄长乔治的名义出版了历史小说《易卜拉欣或杰出的巴萨》(*Ibrahim ou l'illustre Bassa*)，1642年出版了《杰出女性或英雄的长篇大论》(*Les Femmes illustres ou les Harangues héroïques*)。随着1648年至1653年的十卷本小说《阿塔梅纳或伟大的居鲁士大帝》(*Artamène ou le Grand Cyrus*)的出版，玛德莱娜·德·斯居代里逐渐获得了文学上的声誉。玛德莱娜·德·斯居代里的历史小说具有17世纪早期这种类型化文学作品的一般特征，即篇幅长、情节复杂，且在故事背景设定方面具有异国情调色彩。《易卜拉欣或杰出的巴萨》是四卷本，故事发生地是古代地中海地区；《阿塔梅纳或伟大的居鲁士大帝》是十卷本，故事发生在古代亚述帝国；《克莱利，罗马故事》(*Clélie, histoire romaine*, 1654—1660)是十卷本，以古罗马为故事情节展开的背景。在这

第三章
17 世纪的法国女性作家

些作品中，玛德莱娜·德·斯居代里借古代异域故事的题材，以浪漫的手法描写了自己同时代的人和事。如《阿塔梅纳或伟大的居鲁士大帝》里的男主角波斯国王居鲁士的原型是路易十四时代的孔代亲王（Prince de Condé），女主角曼达娜公主的原型则是孔代亲王的妹妹德·隆格维尔公爵夫人（Duchesse de Longueville），其他主要人物的原型也都可以在当时的贵胄名媛中找到对应者。小说结构松散、情节复杂，以军事冒险和爱情奇遇相杂糅的形式描绘了一幅理想的贵族生活画卷。英俊骁勇的男性和美丽忠贞的女性是玛德莱娜·德·斯居代里在历史小说中塑造出的一群理想贵族形象，她以宣扬英雄主义和典雅爱情的方式表达了自己对当时贵族阶层淫逸之风的不满。在《克莱利，罗马故事》中，玛德莱娜·德·斯居代里更是设计出一幅"柔情之乡图"（Carte de Tendre）①，以指导现实中的人们通过一系列的步骤形成理想的男女关系。这些作品因语言生动优美、人物丰富多彩、情感真挚热烈而受到时人的追捧。

在另外一些篇幅较短的中篇小说中，玛德莱娜·德·斯居代里对自己的创作特点进行了调整，情节过于冗长的历史言情小说被新的寓言体小说所取代。《塞林特》（Célinte, 1661）和《玛蒂尔

---

① 玛德莱娜·德·斯居代里在《克莱利，罗马故事》中所绘制的一张地图，将男女交往中应有的品质和礼仪作为地理名词，设置在通往情感最高境界"柔情"的路上，以此说明两性交往中应遵循的道德原则。

德·达吉拉尔》(*Mathilde d'Aguilar*, 1667）是这方面的代表作。她在这两部作品中较为细致地展现了女性心理的一些特征，在由激情导致的情绪化和由好奇心所产生的冲动这两方面描写得尤为出色。

进入晚年以后，玛德莱娜·德·斯居代里创作了许多对话体作品。这些对话体著作多以讨论哲学和伦理学方面的命题为主要目的，里面的许多主题都是其早期沙龙生活中所涉及的讨论内容，具有鲜明的时代气息。这些作品包括《关于多种主题的谈话录》(*Conversations sur divers sujets*, 1680）、《新对话》(*Conversations nouvelles*, 1684）、《道德对话》(*Conversations morales*, 1686）、《新道德对话》(*Nouvelles Conversations morales*, 1688）和《道德会话》(*Entretiens de morale*, 1692）等。这些作品中的人物以一种非正式的方式讨论同时期较具争议性的话题，他们往往从各自不同的立场出发来探讨具有同一性的主题，但并不以达成普遍性共识为主要目的。玛德莱娜·德·斯居代里以这种形式构建起一个特殊的讨论空间，在对话展开的过程中，当下的各种观点都得到了充分的展示。这种写作方式使文学、艺术、美学、哲学、宗教等各领域的声音交汇在一起，在不受限定的情况下为读者提供了看待问题的多个视角。在《杰出女性或英雄的长篇大论》中，玛德莱娜·德·斯居代里虚构了一些青史留名的女性的对话，如萨福和克里奥佩特拉。她将这些对话的发生设定在特殊情况下，让这些女性在生命面临极端危险的时刻发出自己的声音。玛德莱

第三章
17世纪的法国女性作家

娜·德·斯居代里借其中的对话表明,古往今来的女性都承受了来自公共话语的重压,这些公共话语所传达出的对女性(尤其是受人瞩目的女性)的敌意有的出于政治原因,有的出于宗教原因,还有的单纯只是源于男性对女性的偏见和恐惧,而女性的沉默往往会使这种压迫愈演愈烈。所以女性要利用一切可能的机会(口头形式或书面形式)表达自己的真实感受和意愿,这样才能真正捍卫女性的正当权利。

玛德莱娜·德·斯居代里创作了两种不同类型的书信体作品。一种是完全建立在虚构的基础上,如《当代作家的情书》(*Letters from Various Contemporary Authors*, 1641),她在其中模仿奥维德的创作手法,为读者提供了恰当地表达爱情的相关范本;另一种是在现实生活中的真实往还信件,这些作品散见于各种文集和档案中,是她与当时法国社会知识精英们进行交往的真实写照。

"从我们今天的观点来看,德·斯居代里小姐的独特之处在于她处在女性历史的一个转折点上。她是第一部由女性撰写并获得一定声望的浪漫文学的作者,是一个风纪散漫时代的道德训导,是一位集高远志向、美好理想和多种才艺于一身,且性格纯洁无私的女性。"[1] 她的时代意义在于,既以善于转圜的技巧保持了自

---

[1] [法]艾米丽亚·基尔梅森:《法国沙龙女人》,郭小言译,中国社会科学出版社,2003年,第55页。

身的独立性，又表达出作为独立主体的女性的真实意愿，具有较为明显的现代性意味。

第二节　德·塞维涅夫人

作为玛德莱娜·德·斯居代里的好友，德·塞维涅夫人（1626—1696）是17世纪沙龙鼎盛时期书简作家的代表人物。德·塞维涅夫人原名玛丽·德·拉布坦-尚塔尔（Marie de Rabutin-Chantal），幼年失去双亲，由舅父抚养长大。她受到了良好的教育，能够熟读拉丁文著作，具备良好的写作能力和鉴赏能力。1644年，她与来自布列塔尼地区的贵族亨利·德·塞维涅（Henri de Sévigné）结婚，婚后长期居住在巴黎，尤其在亨利死于1652年的一场决斗中后。德·塞维涅夫人是当时的"蓝色沙龙"和"萨福的星期六"沙龙的固定成员之一。她也会在自己家中举办沙龙，她的才华和个性也使她主持的沙龙名士云集，拉辛、布瓦洛（Boileau）和黎塞留是她沙龙中的常客。"在丈夫于1652年离世后，她保持着寡居的生活状态，因而她享有一种相对的自主权，当她写下'寡妇是自由的代名词'时，她将寡居生活等同于自由。这种自由使她能够随意行走于社会，并且在毫无约束的情况下记录社会。"[1]

---

[1] Edited by Sonya Stephens, *A History of Women's Writing in France*, Cambridge University Press, 2000, p.80.

第三章
17 世纪的法国女性作家

1671 年,德·塞维涅夫人的爱女远嫁普罗旺斯,成为德·格里尼昂夫人(Madame de Grignan)。为了表达对女儿的思念之情,她每天给女儿写一封信,告诉她自己身边发生的事情,一直持续到她离世。这些信件同其他写给友人的书信结集,于 1725 年正式出版,名为《书简集》(Lettres),1819 年出版完整本,共收录 1 500 多封书信。

这些信件讲述了当时社会中发生的即时性事件,并对此进行独具风格的评论,如发生在 1676 年的对德·布林维利耶夫人(Marquise de Brinvilliers, 1630—1676)的审判和处决①。有些内容向读者展示了她日常生活中的一些琐事和相关细节,从她的记述中我们可以得知:1677 年,她搬到新居,有机会邀请女儿一家来做客;1680 年,她的好友佛朗索瓦·德·拉罗什富科(François de la Rochefoucauld, 1613—1680)②去世,给她带来精神上的沉重打击;1684 年,她的儿子结婚成家,她就此把财产全部分给了孩子们;1688 年,她应邀去宫廷观看拉辛新排演的戏剧,对一些宫廷仪式感到很好奇;1693 年,她的好友德·拉法耶特夫人去世,她再一次被哀伤和痛苦的情绪包围。《书简集》收录的这些信件所提及的客观事件基本上都能够在同时期的编年史中找到佐证,但

---

① 德·布林维利耶夫人是法国当时的一位贵族妇女,因毒杀自己的父亲及兄弟而被判死刑。
② 佛朗索瓦·德·拉罗什富科,法国作家,著有《道德箴言录》。

德·塞维涅夫人表述事件的方式却完全是一种个人化的视角，作为亲历者，她的表述极富个性。

在这些文本中，客观事实似乎只为德·塞维涅夫人提供了用来创造文本的基本前提，而她的个人感受和对事件的评价才是彰显其感性力量的主要部分。这使她的文本脱离了当时文学创作中普遍使用的统一模式，具有标志性意义的个人艺术风格。在此之前，批评家普遍认为，书信体文学也应该遵从一定的写作规则，并具有统一的情感基调和表述模式。但是德·塞维涅夫人的《书简集》很显然并没有受到这些规范的制约，相比之下，她的书信体文本中流动着一种生气勃勃的自然情感，其表述模式也是随事件及情境的变化而改变，这在当时是书信体写作的一种新的尝试。这种写作形式上的创新一度使德·塞维涅夫人的书信被当作典范之作，进而被呈送给路易十四御览，这对于一位女性作家而言是极大的荣誉，也是对她的创作行为的明确肯定。

作为法国17世纪的一种流行文学样式，书信体文本不仅在社交生活中占据着极其重要的地位，在个性化写作方面也具有一定的标志性意义。《书简集》中的书信文本所涉的时间跨度长达48年，从日常起居、社交应酬等生活细节到宫廷逸闻、政治事件等社会大事，皆有述及，在点评事件和抒发情感的过程中显露出女性的睿智和新颖娴熟的写作技巧。《书简集》不仅是德·塞维涅夫人个人生活的写照，更是记录了整个时代的历史文献，具有文学和史学的双重意义。

第三节　德·拉法耶特夫人

德·拉法耶特夫人（1634—1693），本名玛丽·玛德莱娜·皮奥切·德·拉·韦尔涅（Marie Madeleine Pioche de La Vergne），是与德·塞维涅夫人相交40余载的好友。她出身于贵族家庭，天资聪颖，从幼年起即接受了良好的教育，后以博学著称。早年曾出入法国和卢森堡宫廷，与萨伏依公国（Duché de Savoie）的当权者也有密切的联系，这使她对当时的宫廷生活有所了解，为后来的创作积累了素材。1655年，她与拉法耶特伯爵弗朗索瓦·莫蒂埃（François Mortier, 1616—1683）成婚，婚后在伯爵的庄园里生活过一段时间。1659年，她在与丈夫分居后回到巴黎定居，重新回到了此前的社交圈中。德·拉法耶特夫人在社交领域非常活跃，她在1661年成立了自己的沙龙，在她主持下的沙龙也是常常宾客云集。重返巴黎社交圈的德·拉法耶特夫人与亨利埃塔·安妮·斯图亚特（Henrietta Anne Stuart, 1644—1670）[1]建立起亲密的关系，后者曾请德·拉法耶特夫人为其撰写生平传记。德·拉法耶特夫人还与德·拉罗什富科之间保持着持久而亲密的友谊，他们与德·塞维涅夫人一起组成一个专门讨论文学创作的小团体，一时被传为佳话。

---

[1] 亨利埃塔·安妮·斯图亚特，英国国王查理一世的女儿，法国国王路易十四的弟媳，奥尔良公爵菲利普一世的夫人。

成为自己：
法国女性写作简史

虽然德·拉法耶特夫人也将写作当作一种自娱的方式，而且在某些情况下还会否认自己的作者身份，但其作品中清丽的文风、新颖的表现手法和对细腻情感的刻画确立了其优秀作家的身份。她的主要作品为小说《蒙庞西埃王妃》（*La Princesse de Montpensier*, 1662）、《扎伊德》（*Zaïde*, 1670—1671）、《克莱芙王妃》（*La Princesse de Clèves*, 1678）及《唐特伯爵夫人》（*La Comtesse de Tende*, 1718），回忆录《法国宫廷回忆录》（*Memoires de la Cour de France*, 1731）等。这些作品的成功反映了自玛德莱娜·德·斯居代里以来，公众在小说方面的趣味已由对历史小说中英雄主义情怀的关注转向对情感小说中个人化情感体验的关注。

《克莱芙王妃》是德·拉法耶特夫人的代表作，故事背景设定在16世纪亨利二世的统治时期，但文本中的很多细节都表明，作者是以自己生活的时代为蓝本所进行的创作。女主人公出身于贵族阶层，在母亲的逼迫下与克莱夫亲王成婚。在这段无爱的婚姻中，她始终恪守着严格的道德规范，虽然她不爱自己的丈夫，但对他依然怀有敬意。在一次宫廷舞会上，她遇到了奈莫尔公爵，两人一见倾心。但是，她不愿因为追求爱情而违背自己的道德原则。为了遏制蔓延的情思，她向丈夫坦白了自己对他人产生爱慕之情这一事实，请求丈夫帮助自己克制非道德的激情。她的丈夫善良真诚，一方面相信妻子的忠诚和贞洁，但另一方面却又不由自主地在内心深处生发出猜忌之情，在这两种情绪的作用下，他备受折磨。不久以后，他变得郁郁寡欢，最终因为心情郁结而病亡。女主人对此万分悔恨。此后，奈莫尔公爵向女主人公求婚，她坦白承认了自己对他深沉热烈的情感，但她拒绝了他的求婚，因为这违背了她在婚姻上从一而终的道德原则。女主人公怀着对奈莫尔公爵的爱和对爱情无法实现的遗憾退隐修道院，不久也香消玉殒。

德·拉法耶特夫人在这部作品中以典雅的文字描述了这样一个动人心魄的爱情悲剧，以细腻的笔触对人物的多种复杂情绪和心理情态进行了生动的描写，开创了以内在精神世界刻画人物形象这种创作方式的先河。从表面上看，这是一部爱情小说，但作者在爱情悲剧的背后展现的是人物自身在现实与理想、爱情与道德等几方面的内在博弈。这种表现形式是此前的文学创作领域不曾有过的一种大胆尝试。由于这部作品诞生于17世纪法国古典主义文学思潮兴盛时期，且在语言风格、人物和情节设置等方面都表现出古典主义的审美特征，女主人公为了践行道德规约而放弃了真爱，体现了古典主义时代的激情服从理性的道德理想，因此有批评家把《克莱芙王妃》视作法国第一部古典主义小说。与此同时，由于这部作品旨在表现个体情感的独特性，探讨个体精神世界在道德与激情的双重撕扯下会产生怎样的变化，生动细致地刻画了恋爱中的女性在感性的冲动与理性的责任之间难以取舍的矛盾心态和痛苦感受，对人物的复杂心态和心理情境变化进行了传神的描摹，使其在心理描写方面有了不同以往的突破式发展，因此也被后世批评家视为法国的第一部现代小说。

不管后世对《克莱芙王妃》这部作品有怎样的评价，这部小说在法国现代小说创作方面的里程碑式意义都得到了认可。"这部小说的重要意义在于，在法国文学史上，拉法耶特夫人第一次以一个女作家的细腻笔触，真实地描写了男人和女人之间的纯洁爱情，刻画了道德与爱情给他们造成的矛盾心理，揭示了这种爱情在封建伦理的束缚下所不可避免的悲剧性结局。"①《克莱芙王妃》对法国后世小说创作的影响较为深远。

总体来说，17七世纪的法国女性在由王权和男性权威所主导的话语空间中以一种非对抗性的互动形式开辟了自己的专属领地，她们对个性化表达方式的坚持，对个体自由精神的维护和对纯净情感的倡导体现了鲜明的群体性特征，宣告了一种现代意识的初起。

---

① 朱虹、文美惠主编：《外国妇女文学词典》，漓江出版社，1989年，第229页。

第四章

法国现代女性作家的出现

尽管一些法国知识女性在18世纪时期依然能通过沙龙对当时的文化形态和流行话语施加其影响作用,但封建王权的衰落和公众群体的壮大使18世纪的沙龙生活呈现出与17世纪时期较为显著的不同特征。"起先贵妇人们的沙龙中主要是文学游戏、朗诵诗歌、信札和箴言,后来成了信息交流、思想交锋、集体批评、讨论合作论文或哲学论著的场所。在一些本来贵族占优势的、艺术家、作家经常出入的文学沙龙中,平民和贵族平起平坐起来,在知识分子辩论所要求的平等意识面前,身份的差异被抹去了。"[①]此前在沙龙里唱主角的贵族阶层已经悄然让位于激进的思想家,这时的沙龙文化更注重突出个体的能力及思想价值,而每一个沙龙也都以其鲜明的思想倾向性汇聚了不同类别的群体。新兴的社

---

① [法]安东尼·德·巴克、佛朗索瓦丝·梅洛尼奥:《法国文化史Ⅲ》,朱静、许光华译,华东师范大学出版社,2006年,第41页。

会理论和政治理念在这里被反复论证，著名的百科全书派的主要思想成果也在这里产生。虽然女性依然是沙龙活动中的主持者，但她们已不再满足于只将自己的影响力局限于沙龙这方天地，随着女性所能涉足的领域逐步扩大，沙龙几乎与社会生活的方方面面都具有了相关性，而女性也越来越多地参与到 18 世纪的社会文化发展进程中。

对于 18 世纪的法国知识女性而言，写作依然不是首选的谋生手段，但写作却是参与社会生活的必不可少的方式。这些推动了启蒙思想的发展并致力于传播启蒙话语的精英女性利用书信、回忆录、论文、小说等各种文学形式表达对时代发展、社会生活以及对自身的认识和评判，由此与男性启蒙主义者一起汇聚成时代的主流。18 世纪的女性作家在数量上远超 17 世纪，涉及的领域也更加广泛。

第一节　夏特莱夫人

艾米丽·杜·夏特莱（Émilie du Châtelet, 1706—1749）本名加布里埃尔·艾米丽·勒托内利耶·德·布勒特伊（Gabrielle Émilie Le Tonnelier de Breteuil），是当时知识女性中的佼佼者，集文学、哲学、科学素养于一身，被后世冠以数学家、物理学家和哲学家等称谓。她的父亲曾担任过路易十四的礼宾官，从小就对她进行了全面的教育。小艾米丽不仅要学习击剑、骑马和体操等身体方面的技能，还要学习文学、数学和其他自然科学方面的知

第四章
法国现代女性作家的出现

识，这使她在 12 岁的时候就可以熟练使用拉丁语、意大利语、希腊语和德语。艾米丽性格活泼、精力旺盛，既喜欢跳舞、弹琴等娱乐活动，也喜欢钻研数学和物理学等抽象的知识原理。1725 年，她与弗洛伦特·克劳德·德·夏特莱侯爵（Marquis Florent-Claude de Châtelet-Lomont）成婚，成为夏特莱侯爵夫人，并在生育了三个子女后与丈夫分居。她后来的情人黎塞留公爵（Duc de Richelieu）看到了她的兴趣所在，就鼓励她继续学习相关知识。夏特莱夫人便师从当时的数学家、法国科学院院士皮埃尔·路易斯·莫佩尔蒂（Pierre Louis Maupertuis）及数学大师、克莱劳定理的发现者亚历克西斯·克莱劳（Alexis Clairaut）学习相关知识，由此对牛顿的理论产生浓厚兴趣。

1733 年，夏特莱夫人遇到了伏尔泰，二者都为对方的眼界和学识所吸引，惺惺相惜之下发展成亲密的恋人。二人常在一起探讨各种学术问题，为了更好地进行科学研究，他们甚至还在夏特莱夫人的住所建立了一个小型实验室，进行物理和化学方面的多种实验。1738 年，夏特莱夫人和伏尔泰同时参加了由法国皇家科学院主办的关于"火的性质"的有奖征文竞赛。二人都认为火并不是一种物质，但各自的理由并不相同，所以二人分别撰文参赛。两篇文章都获得了提名奖并得以发表。夏特莱夫人的论文《论火的特性及传播》（"Dissertation sur la nature et la propagation du feu"）成为法国皇家科学院有史以来发表的第一篇由女性撰写的论文。同年，她在《学者杂志》（*Journal des savants*）上发表了《关于牛顿哲学要素的信》("Lettre sur les' elsamments de la philosophie de Newton")一文，驳斥了笛卡尔的引力理论。1740年，她出版了《物理学导读》(*Institutions de Physique*)一书，这部作品表面上是给孩子写的关于物理学的教科书，但实际上是一本具有极大实用性的自然哲学著作。在这部作品中，她对牛顿的物理学原理进行了具有形而上学意义的阐释。此后，有感于法国学界在物理学知识方面的蒙昧状态，她着手把牛顿的《自然哲学的数学原理》(*Philosophiae Naturalis Principia Mathematica*)翻译成法文。夏特莱夫人在1749年完成了这部巨作的法文翻译工作，当时她已临产，因过于劳累，她在完成这项工作后不久就去世了。1759年，法文版的《自然哲学的数学原理》正式出版。直到今天，夏特莱夫人的译本仍然是这部著作的主要法文译本，她也通过这部译著推动了法国从信奉笛卡尔物理学到接受牛顿物理学的转变。

虽然夏特莱夫人的主要兴趣是自然科学，但她也对伦理学和宗教学有一定研究，她曾翻译过英国作家伯纳德·曼德维尔(Bernard Mandeville, 1670—1733)的《蜜蜂寓言》(*Fable of the Bees*)，撰写过《论幸福》(*Discourse sur le bonheur*, 1779)、《〈创世记〉考》(*Examens de la* Genèse)和《〈新约〉考》(*Examen des livres du* Nouveau Testament)等著作。她还在作品中探讨过女性的社会角色及其教育等方面的问题。由于在当时的社会环境下，女性学者还会遭受来自方方面面的压力，夏特莱夫人的很多作品都是秘密完成的，并没有公开发表。尽管夏特莱夫人并没有在文学领域取得更多成就，但她以自己的存在形式完成了一种另类的女性书写，她以自己的亲身经历为法国的知识女性提供了一种开放式的未来。

第二节　杜·德芳夫人与朱莉·让娜·埃莱奥诺·德·莱斯皮纳斯

至 18 世纪中期，法国女性写作无论在参与群体还是作品形式方面都有了较大发展，书信和小说这两种体裁依然是女性写作大放异彩的领域。杜·德芳夫人（Madame du Deffand, 1697—1780）和朱莉·让娜·埃莱奥诺·德·莱斯皮纳斯（Julie Jeanne Eléonore de Lespinasse, 1732—1776）是 18 世纪书简作家的代表人物，后者在这方面的成就更为突出。

杜·德芳夫人原名玛丽·德·维希-尚隆（Marie de Vichy-Chamrond），出身于法国勃艮第地区的贵族之家，年少时曾在巴黎的一所修道院接受教育。1718 年与德芳侯爵成婚，1722 年起夫妇二人开始分居，此后杜·德芳夫人长居巴黎。在巴黎生活期间，杜·德芳夫人主持的沙龙总是名流云集，她本人也因聪慧机智的谈吐颇受欢迎。伏尔泰、孟德斯鸠、让·勒朗·德·达朗贝尔（Jean Le Rond d'Alembert, 1717—1783）[①] 等一批 18 世纪的启

---

① 让·勒朗·德·达朗贝尔，法国著名物理学家、数学家和天文学家，德·唐桑夫人（Madame de Tencin）的私生子。

蒙思想家都曾是杜·德芳夫人沙龙里的常客。在那里，这些站在当时社会思潮前沿的人可以充分讨论各种学术问题和敏感的社会话题而不必担心受到谴责，许多影响时代发展的思想成果即诞生于如杜·德芳夫人主持的沙龙一样的场所。杜·德芳夫人的书信创作基本来源于她的日常生活，她与同时代各领域的朋友保持着密切的书信联系，他们在书信中交流信息，交换对某些问题的看法。杜·德芳夫人曾与伏尔泰保持了四十几年的通信联系，他们在信中交换对时事的看法，讨论文学作品和哲学问题。杜·德芳夫人的语言风格轻快明朗，充满生气又富有激情，间或夹杂着她自己总结的人生感悟或格言警句，可读性非常强。此外，由于她对法国宫廷生活非常熟悉，因此她的书信中有几页留下了很多对当时宫廷生活的描述，后世有学者认为，她的书信也兼具编年史的意义。

1754年罹患眼疾后，杜·德芳夫人请家族中的晚辈女性朱莉·让娜·埃莱奥诺·德·莱斯皮纳斯小姐前来帮她主持沙龙，后者渐有取代杜·德芳夫人之势，二人之间逐渐产生矛盾。1764年，德·莱斯皮纳斯离开杜·德芳夫人，创建了自己的沙龙。杜·德芳夫人于1780年病逝于巴黎。

德·莱斯皮纳斯小姐出生于里昂，是阿尔邦伯爵夫人的私生女，早年曾被送进修道院学习，后天通过多种途径进行自我教育，成为一位有学识的知识女性。她在巴黎寓所中举办的沙龙被公认为最具自由气息，每次沙龙开放的时候都会有大批慕名者前来。

第四章
法国现代女性作家的出现

她先后与达朗贝尔、来自西班牙的莫拉侯爵和法国作家吉伯特伯爵发生过恋情，但都没有圆满的结果。她的书信中的主要内容基本上以她对这几段爱情的描述为主。自1773年开始，德·莱斯皮纳斯小姐的书简集以不同版本的形式陆续出版。读者在作品中看到的，是一个以悲情英雄自居的女性不断在爱情中受挫的过程。她与莫拉侯爵一见如故，再见倾心，但对方却病逝于从西班牙返回法国履行承诺的途中。她对吉伯特伯爵的爱恋似真非真，正当她想更清楚地辨识自己的爱情时，她得知了吉伯特伯爵与他人成婚的消息。她无微不至地照顾达朗贝尔，支持他编撰《百科全书》的事业，两人的恋情一直持续到她因病离世。狄德罗（Diderot）在《达朗贝尔的梦》(*Le rêve de d'Alembert*) 中曾提到了这段恋情。在德·莱斯皮纳斯小姐的书简集中，她自己或者说她自己的各种心理以及情绪变化就是被表述的对象。这些书信真实生动地反映了德·莱斯皮纳斯小姐在几段恋情中的心路历程，为当时知识女性的情感世界留下了真实写照。读者能够在字里行间触碰到作者的内心世界，感受到她徘徊于自信与自卑之间，交织着希望与失望，时而欣喜、时而悔恨的心理状态，真诚动人。19世纪的法国文学评论家夏尔·奥古斯丁·圣伯夫（Charles Augustin Sainte-Beuve, 1804—1869）甚至认为德·莱斯皮纳斯小姐的信件可与爱洛依丝（Héloïse, 1100—1163）[①]的书信相媲美。

[①] 爱洛依丝，法国中世纪时期的道德哲学家、修女。

第三节　德·朗贝尔夫人与玛德莱娜·德·皮西厄

法国女性的整体教育状况在18世纪末有了明显改善，当时很多上层社会的女性都是通过自我教育增长见识，提高自身的修养。一些知识女性在作品中就女性的教育问题及写作活动的必要性发表了看法，她们的观点在一定程度上反映了启蒙话语浸润下的知识女性如何看待自身的地位和作用，如何在充满禁忌的社会中通过后天的自我努力来冲破阻碍，实现自我完善。

德·朗贝尔夫人（Madame de Lambert, 1647—1733）原名安妮-泰蕾兹·玛格丽娜·德·库塞勒斯（Anne-Thérèse Marguenat de Courcelles），出身于一个外省贵族家庭，家境较为富裕。父亲在她幼年时期去世，母亲随即改嫁。她曾经在修道院接受过一些基础教育，后来在继父的指导下学习古典文学及写作技巧。1666年，她与亨利·德·朗贝尔侯爵成婚，成为德·朗贝尔夫人。1684年，亨利·德·朗贝尔被任命为卢森堡公国总督，两年后突然去世。夫妇二人共育有四个孩子，其中两个夭折。德·朗贝尔夫人在承受丧夫之痛的同时面临着严重的经济困境。幸而她在极度艰难的时候获得了一笔皇家抚恤金，才没有陷入破产的窘境。1698年，德·朗贝尔夫人在巴黎有了新的住所，安定的生活使她有更多的精力筹划自己未来的生活。

1710年，德·朗贝尔夫人开始在她的住所举办沙龙，它很快以其独特的组织方式成为当时巴黎最具学术声望的沙龙。德·朗

第四章
法国现代女性作家的出现

贝尔夫人的沙龙分为"星期二"和"星期三"两部分:"星期二"沙龙是专门为文学家们组织的,参与者要在这里分享他们最新的作品,并就当下最值得关注的文学问题进行讨论。"星期三"沙龙则是为巴黎的达官显贵们举办的专场社交招待会,参与者可以在这个场合交换彼此的信息,扩大自己的社交范围。德·朗贝尔夫人的沙龙里几乎集结了当时各个领域的精英人物,有哲学家伯纳德·勒·博弈尔·德·丰特奈尔（Bernard Le Bovier de Fontenelle, 1657—1757）和孟德斯鸠、剧作家皮埃尔·卡莱·德·马里沃（Pierre Carlet de Marivaux, 1688—1763）、女作家凯瑟琳·伯纳德（Catherine Bernard, 1663?—1712）[1]等。尽管德·朗贝尔夫人禁止在她主持的沙龙中讨论政治和宗教问题,但她的沙龙依然给予宾客们很大的讨论自由,她还在孟德斯鸠的《波斯人信札》（*Lettres Persanes*）遭到非议时在自己的沙龙里为其进行过辩护。德·朗贝尔夫人的沙龙因其在推动社会思想发展方面的卓著性而被称为"智慧殿堂"（Le bureau d'esprit）。

德·朗贝尔夫人乐于在沙龙里向宾客们介绍自己的作品。她早期的作品是写给自己子女的道德劝诫,后来的作品逐渐扩大了主题。德·朗贝尔夫人的作品一般篇幅较小,以蒙田式的随笔为基本形式,并在文本中大量使用当时流行的格言警句、对话、寓

---

[1] 凯瑟琳·伯纳德,法国17世纪女作家,主要作品有剧作《勃鲁托斯》（*Brutus*）及《拉奥达梅》（*Laodamie*）等。

言故事等元素。1733 年，德·朗贝尔夫人病逝于巴黎。

德·朗贝尔夫人在《一位母亲对女儿的忠告》(*Avis d'une mere à sa fille*, 1726—1728) 和《女性沉思录》(*Réflexion nouvelles sur les femmes*, 1727) 等作品中批评了对女性教育的忽视，指责男性对女性的不尊重。她强调了道德教育对女性的重要性，并以道德尊严为最高目标。她建议自己的女儿要培养内在的柔情，认为这种品质有助于形成个性、管理思绪、操控意志，确保形成稳固而又持久的人性美德。在《一位母亲给儿子的忠告》(*Avis d'une mère à son fils*, 1726) 中，她分析了一个男性贵族必须培养的道德和所具有的美德。在《友谊论》(*Traité de l'Amitié*, 1732) 中，她从伦理学角度探讨了友谊的力量以及保持友谊的重要性及其困难。在《老年论》(*La Vieillesse*, 1732) 中，她又对法国社会对老年人的忽视感到痛心。德·朗贝尔夫人的作品集在 1749 年、1756 年、1769 年、1770 年分别有了多个英语译本，1750 年有了德语译本，1781 年又有了西班牙语译本，其影响几乎遍及整个欧洲。

玛德莱娜·德·皮西厄 (Madeleine de Puisieux, 1720—1798) 也是较早关注女性教育及社会权利的女作家。后世对其早年生活知之甚少。自 18 世纪 40 年代起，她与狄德罗建立起较为亲密的关系，她的第一部作品《给朋友的建议》(*Conseils â une amie*, 1749) 的出版得益于后者的帮助。1750 年，她与法国驻瑞士外交官菲利普-弗洛伦特·德·皮西厄 (Philippe-Florent de Puisieux) 结婚，婚后依然笔耕不辍。

第四章
法国现代女性作家的出现

除了《给朋友的建议》外，玛德莱娜·德·皮西厄的主要作品有《女性并非劣等》(Le Femme n'est pas inférieure à l'homme, 1750)、《女性的胜利》(Le Triomphe des dames, 1751)、《快乐和淫荡》(Le Plaisir et la volupté, 1752)、《时尚的侯爵》(Le marquis à la mode, 1763)和《特维尔小姐的故事》(Histoire de Mlle de Terville, 1768)，她的诗歌集《诗选集》(Une suite de poèmes, 1746)仍以手稿形式保存在法国国家图书馆。

在《给朋友的建议》中，玛德莱娜·德·皮西厄历数了18世纪女作家所面临的困境，认为她们在那个时代的文坛里不断被迫承认自己的从属地位，尽管她们没有被明令禁止参与创作活动，她们也能在沙龙、学院和通信中与男性作家进行平等交往并出版自己的作品，但整个社会总是在用各种方式提醒她们自己的女性身份，让她们意识到从事写作活动并不符合女性应有的行为规范。这种僵化的社会氛围不仅影响到女性对自身价值和能力的认定，也阻碍了女性的写作活动，这使女性的思想及其作品更难进入公众的视野。玛德莱娜·德·皮西厄认为，写作对于女性而言是一个通过自我学习、自我启迪达到自我认知的过程，它不仅能给女性带来愉悦，更能提升女性的心智，是非常适合女性的活动。她更在作品中直接建议女性读者尽可能多地写作，并通过写作发展属于自己的风格。

在其代表作《性格论》(Les Caractères, 1750)中，玛德莱娜·德·皮西厄提出了更为严肃的问题，她反对正统的教权主义者对女性在教育和社会活动等方面的严苛限制，认为人类应该依据各自的能力来实施与其相匹配的社会行为，与此同理，女性也可以按照自己的能力去从事对应的社会活动，而不是按照性别差异来进行划分。

在《女性并非劣等》和《女性的胜利》中，玛德莱娜·德·皮西厄从伦理学和社会学等相关理论出发，驳斥了"女性不如男性"这一普遍存在的偏见，主张男女两性应该平等相处。她的看法显示出18世纪的法国知识女性对自身关注度的提高以及对两性之间社会性差异的认知，具有极其重要的时代意义和思想价值。

第四节　职业女作家的先声

从法国女性写作的总体进程上看，18世纪的一个标志性特征在于，出现了一批职业女性作家。她们出于各种原因从事写作，依靠写作来获得经济来源。写作于她们而言不再只是锦上添花的社交活动，而是她们维持生活的必要手段。她们创作的题材和形式更加多样化，作品数量也更加丰富，她们以实际行动为后世的女性写作拓展了空间，也提供了更多的可能性。

18世纪较有代表性的职业女作家有玛德莱娜-安热莉克·德·戈梅（Madeleine-Angélique de Gomez, 1684—1770）、让娜·玛丽·勒普兰斯·德·博蒙（Jeanne Marie Leprince de Beaumont, 1711—1780）、玛丽·让娜·里科博尼（Marie Jeanne Riccoboni, 1713—1792）等。

第四章
法国现代女性作家的出现

克劳迪娜亚-历山德里娜·盖兰·德·唐桑（Claudine-Alexandrine Guérin de Tencin, 1682—1749）不是职业女作家，但她是当时重要的出版赞助人之一，其行为具有早期职业出版人的特点，她对出版活动的支持具有极其重要的文化意义。德·唐桑夫人出身于法国格勒诺布尔（Grenoble）地区的小贵族家庭，早年曾在修道院生活，后进入法国宫廷，一度与当时的红衣主教纪尧姆·杜布瓦（Guillaume Dubois, 1656—1723）及摄政王奥尔良公爵腓力二世（Philippe Ⅱ, Duke of Orléans, 1674—1723）等人过从甚密。她曾与一名军官育有一个私生子并将其遗弃，即为后来的哲学家让·勒朗·德·达朗贝尔。1726 年，德·唐桑夫人因被牵扯进一桩人命案件中而被关押进巴士底狱，后来被无罪释放。德·唐桑夫人转而寻求一种低调的生活方式，以开办沙龙、为作家的出版物提供赞助等形式继续施加影响，孟德斯鸠即曾两次在她的帮助下完成作品的出版。德·唐桑夫人也是一位小说家，她最著名的作品是一部自传体小说《科曼日伯爵回忆录》（*Mémoires du Comte de Comminges*, 1735）。

玛德莱娜-安热莉克·德·戈梅是较早的职业女作家。她出身于表演世家，父亲是当时著名的戏剧表演者。她在婚后为了摆脱财政困境而开始从事写作，作品以戈梅夫人署名。她的创作涉及诗歌、戏剧和小说等几个方面，叙事类作品多取材于古代历史故事。她的代表作是故事集《美好时光，献给国王》（*Les journées amusantes, dediées au roi*, 1722）和《新故事百篇》（*Cent nouvelles*

nouvelles, 1732—1739），她首次尝试在作品中运用框架式叙事结构，凸显了叙事语境对整部作品的重要价值。《美好时光，献给国王》由同时期的英国女作家伊丽莎·海伍德（Eliza Haywood, 1693—1756）翻译成英文。戈梅夫人于 1770 年病逝于圣日耳曼。

让娜·玛丽·勒普兰斯·德·博蒙于 1711 年出生于鲁昂，是法国 18 世纪杰出的儿童文学作家和教育工作者。她在 11 岁时失去了母亲，幸而她和妹妹受到两位富有女性的资助，得以在鲁昂的埃内蒙特修道院接受教育。1725 年结束学业后，姐妹俩又在修道院里任教十年。离开修道院后，德·博蒙又断断续续在一些显贵家中担任过家庭教师。1748 年，她离开第二任丈夫格里马尔·德·博蒙（Grimard de Beaumont），前往伦敦继续以家庭教师为业。在此期间，她开始了自己的写作生涯。她在 1750 年至 1752 年间，主持出版了《新法语杂志，或有益又有趣的图书馆》(*Le Nouveau Magasin français, ou Bibliothèque instructive et amusante*），为从童年到青春期的学生的父母和教育工作者提供指导。她还为英国报纸《旁观者》(*The Spectator*）供稿。1763 年回到法国后，她继续发展自己的写作事业，成为最早以文学作品阐释道德法则和教育方法的作家和教育家之一。德·博蒙夫人于 1780 年病逝于阿瓦隆（Avalon）。

在德·博蒙夫人一生的文字生涯中，留下了约 70 卷书。她在《书信评论集》(*Lettres diverses, et critiques*, 1750）中强调，父亲应在子女教育中承担重要职责，教师应有献身精神，以学生

第四章
法国现代女性作家的出现

为友。她的成名作是改编自法国女作家加布里埃尔-苏珊娜·巴勃·德·维伦纽瓦（Gabrielle-Suzanne Barbot de Villeneuve）创作的童话故事《美女与野兽》（*La Belle et la Bete*, 1756），收录在故事集《儿童杂志，一位睿智的女家庭教师和她最杰出的学生们的对话》（*Le Magasin des enfans, ou dialogues entre une sage gouvernante et plusieurs de ses élèves de la première distinction*）中。经她改编后的故事以隐喻的手法将注重内在品格、强化道德意识等价值标准传递给读者，使其在简单的情节中获得教育意义，这种写作风格非常适合其潜在的阅读对象。

德·博蒙夫人还创作了一些道德小说，如《真理的胜利》（*Le Triomphe de la vérité*, 1747）、《杜·蒙蒂埃夫人的信》（*Lettres de Madame du Montier*, 1756）、《埃梅朗斯与露西的信》（*Lettres d'Emerance a Lucie*, 1765）及《巴洛内·德·巴特维埃夫人回忆录》（*Mémoires de Madame la baronne de Batteville*, 1766）等。这些作品以女性的情感经历为主要内容，她试图以此表明，女性在婚姻中应该具有忍耐性，以奉献的姿态体现自己的完美品德。即使不幸遭遇婚姻破裂，女性在婚姻存续期间所获得的品性也会使其很快实现自立，进而走向自治。而本就具有这些良好品德的女性也可以通过拒绝婚姻的方式抵御外在世界的诱惑，从而使自己获得无限的自由。

在早期的职业女作家群体中，玛丽·让娜·里科博尼的作品表现出较为鲜明的女性主义意识。她于1713年出生于巴黎，曾以戏剧演出为生。1735年，她与喜剧演员兼剧作家安托万·弗朗索瓦·里科博尼（Antoine François Riccoboni）成婚，婚后不久即分居。里科博尼的谋生方式是演出和写作，但她在舞台上的成就远不及写作方面。虽然她的作品很受欢迎，但写作带来的收入还是无法使里科博尼摆脱经济上的窘境，她在写作之余还为期刊《蜜蜂》(*L'abeille*) 担任兼职编辑。随着里科博尼作品影响力的逐渐扩大，法国王室决定给予她一点津贴，但法国大革命爆发后，里科博尼连这一点微薄的收入也失去了。1792年，里科博尼在贫病交加中离世。

  里科博尼的作品主要为书信体小说。她的第一部小说是《法妮·布特莱尔女士的信》(*Les letters de Mistriss Fanni Butlerd*, 1757)，这也是她的代表作。她在这部作品中控诉了女性在这个时代所遭受的不公，她们只是因为自己的性别属性就被公共话语排除在外，她认为这是造成女性不幸的根源。1762年，她创作了以菲尔丁的作品为题材的小说《阿米莉亚：在菲尔丁先生的主题下》(*Amélie: sujet tiré de Mr Fielding*)，由此开始显露出对英国感伤主义小说的浓厚兴趣。在其后的三部曲——《阿德莱德·德·达马尔丹（桑塞尔侯爵夫人）的信》(*Lettres d'Adelaide de Dammartin, comtesse de Sancerre*, 1766)、《伊丽莎白·苏菲·德·瓦雷埃》(*Elizabeth Sophie de Valliere*, 1772) 和《米洛河》(*La Milord*, 1776) 中，里科博尼设置了诸多种类的婚恋情节，而且多是反映女性在婚姻中的不幸遭遇。里科博尼试图通过作品中所描述的种种情形，

第四章
法国现代女性作家的出现

表明自私、冷漠和逐利是男性的本性所在，男性本来在社会地位和资产方面即占有优势，而且现实中的法律条款也对男性有利，这导致女性在婚恋关系中常常处于从属性的被压迫地位。与此同时，社会习俗在一定程度上也满怀对女性的歧视与恶意，如果一段恋情的结果不能形成有效婚姻，男性几乎能够全身而退，而女性则会成为被整个社会嘲讽鄙视的对象，这对女性而言极为不公。这些作品从社会现实出发，对女性的处境进行了较为全面的剖析，心理描写异常生动。

里科博尼的作品呈现出小说这一文学种类在18世纪向19世纪转变的过程中所表现出来的一些特点。后世研究者认为，她的作品具有与同时期英国感伤小说同质的特点，尤其是劳伦斯·斯特恩（Laurence Sterne）和塞缪尔·理查森（Samuel Richardson）的作品，这反映出18世纪欧洲各国文学间在创作形式上的呼应与审美体验方面的类同性。里科博尼在写作之余还与当时的一些作家和学者保持联系，探讨文学及哲学、伦理学方面的问题。在她与这些人之间往还的书信中，读者可以感受到18世纪后期法国社会生活的真实样貌。由于在人物心理描写方面和社会写实方面的双重成就，里科博尼被视为18世纪最重要的女作家之一。

第五节 革命、政治与女性写作

法国社会在18世纪下半叶的种种迹象越来越显示出变革的趋势，"由于有了通过俱乐部、沙龙、学院、报刊、书籍、论著的媒介交流意见的原则，民间社会的文人们把他们个人的内心思想形成某种共识，形成可以与统治者意识抗衡乃至超过它的一种公众意识。这场革命是看得见的，在整个世纪层出不穷的出版物中，包含有'公众的'这个形容词的大量词组的出现即是一例"①。大革命作为启蒙思想的直接产物，体现了统治权威非神圣化的过程，自由、平等、博爱的理念几乎渗透到社会生活的每一个角落。一些知识女性如奥兰普·德·古热（Olympe de Gouges, 1748—1793）、简-玛丽·罗兰（Jeanne-Marie Roland, 1754—1793）、泰洛瓦涅·德·梅里古尔（Théroigne de Méricourt, 1762—1817）、露西娅·德穆兰（Lucile Desmoulins, 1770—1794）等人也投身于这场由"公众意识"高涨所引发的祛魅化社会运动中，她们站到革命的舞台上，以手中的笔来捍卫启蒙思想的信念，以实际行动表明自己的政治立场。

奥兰普·德·古热原名玛丽·古泽（Marie Gouze），是18世纪女性介入政治的代表性人物，是一名法国社会改革家和作家。她在许多问题上挑战了传统观点，特别是妇女公民问题。许多人认为她是世界上最早的女权主义者之一。她出身于小资产阶级家庭，早年接受过一定程度的教育，丈夫去世后于1770年从外省移居巴黎。她经常出入一些沙龙，结识了一批作家、思想家和政治家，开始了

---

① ［法］安东尼·德·巴克、佛朗索瓦丝·梅洛尼奥：《法国文化史Ⅲ》，朱静、许光华译，华东师范大学出版社，2006年，第19页。

第四章
法国现代女性作家的出现

自己的创作生涯。她关注社会问题，积极参与政治事务，并撰写文章来公开表达自己的观点。她曾经满怀希望迎接大革命的到来，当发现革命并未给予女性以应有的平等权利时，她在失望之余以各种形式表达这一诉求。作为对《人权宣言》的回应，她发表了《女权宣言》(*Les Droits de la femme et de la Citoyenne*, 1791)，要求给予女性与男性同等的公民权，这部作品被视为第一部要求女性享有普遍人权的宣言。奥兰普·德·古热在作品中指出，必须将女性纳入法国国民议会的成员之列，因为女性与男性一样，享有自然的、不可剥夺的和神圣的权利。这种平权举措还应扩大到女性的基本权利层面，包括自由权、财产权、安全和反抗压迫权，女性应该拥有充分参与制定法律的权利、参与行政的权利及在公共场合发表意见的权利。她在其中提出的更激进的观点是，女性还应该有公开其子女的父亲名字的权利，并有权将财产传给这些子女。这是该宣言中最具争议的内容之一，因为它将非婚生子女也纳入了应该享有权益的范畴内，对当时的社会习俗和财产继承制提出了极大的挑战。大革命爆发后，奥兰普·德·古热站在温和的吉伦特派一边，她主张要为路易十六辩护，并呼吁就此举行公民投票，让公民自主选择政府形式。1793年夏天，吉伦特派倒台后，奥兰普·德·古热也被捕入狱，随后被送上断头台。

奥兰普·德·古热的经历表明，18世纪的法国知识女性已不再把写作只当作一种日常生活的消遣形式或显示才情的途径，写作不仅是认识自我、表达意愿、谋取经济利益的方式，更是维护自身信念、争取正当权益和参与社会生活的必要手段。从以写作为生到为自己写作，18世纪的女性作家在争取自身的话语权方面体现出更多的自觉性和自主性，这种转变对现代女性意识的发展进程具有重要的推动作用。

简-玛丽·罗兰原名玛侬·菲利蓬（Manon Phlipon），是法国大革命时期的革命家、吉伦特派的领袖之一让-玛丽·罗兰（Jean-Marie Roland, 1734—1793）的妻子，时人称其为罗兰夫人。罗兰夫人在1754年出身于法国巴黎的一个小资产阶级家庭，幼年时便展露出过人的天赋，父母给予她全面的教育，这使罗兰夫人在日后的革命活动中大放异彩。1780年，她成为罗兰夫人后便全力帮助自己的丈夫发挥更大的政治影响力。据信，从罗兰先生担任路易十六的内政部长时期开始，他的所有公开讲稿都是罗兰夫人替他执笔。在法国大革命期间，罗兰夫人的沙龙也成为吉伦特派的指挥中枢，她负责起草并完善吉伦特派在此期间发布的几乎所有政治宣言，她的观点极大地影响了吉伦特派的政策走向。罗兰先生在国民大会上公开批判罗伯斯庇尔（Robespierre）和丹东（Danton）的演说词也是出自罗兰夫人之手，这直接导致了雅各宾派与吉伦特派的决裂。1793年雅各宾派发动政变，抓捕吉伦特派领导人，并将其驱逐出国民大会。罗兰夫人于当年5月被捕，在被监禁了五个月后被处死。临刑前留下名言："自由，多少罪恶假汝之名以行！"

在被监禁期间，罗兰夫人完成了回忆录《向公正的后代呼吁》（*Appel à l'impartiale postérité*），手稿被偷送出监狱，并在1795

第四章
法国现代女性作家的出现

年出版。作品由三部分组成，分别是《历史回忆录》(*Mémoires historiques*)、《个人回忆录》(*Mémoires particuliers*) 与《我最后的想法》(*Mes dernières pensées*)。罗兰夫人在《历史回忆录》中描述了自己的童年和成长经历，在《个人回忆录》中为自己1791年至1793年的政治行动辩护，在《我最后的想法》中对自己的一生进行了简要的总结。罗兰夫人试图在回忆录中表明，她只是在按照一位妻子应有的方式行事，这在自己同时代的女性中很平常。与此同时，她并不讳言自己对丈夫的事业帮助良多，也为自己在吉伦特派中的影响力感到自豪。她也谈到了自己早年的经历，包括一些非常私密性的细节，她认为，这种写作形式恰如卢梭在《忏悔录》中也会提及一些个人细节一样，是真实性的必要手段。除了这部回忆录外，罗兰夫人也留下了许多写给亲友和革命同事的信件，这些都成为后世了解相关社会情境及历史事件的有效信息来源。罗兰夫人的回忆录和信件的价值是独特的，这些文字是以与事件有最直接关联的知识女性的视角来展示法国大革命这一惊心动魄的历史时刻。

泰洛瓦涅·德·梅里古尔原名安妮-约瑟夫·泰洛瓦涅（Anne-Josèphe Théroigne），梅里古尔（Méricourt）是她的出生地，在法国大革命期间，有媒体以德·梅里古尔称呼她，她欣然接受。她于1762年出生在比利时列日（Liège）地区，是法国大革命期间的社会活动家。由于母亲早逝，她早年生活动荡，曾在英国、意大利等地旅居，1789年法国大革命爆发前夕回到巴黎。她以极大的热情投身到这场社会运动中,通过创办沙龙、参加国民议会的会议、撰写小册子等形式宣传自己的主张,在当时引起了很大反响。她曾在1789年10月组织并领导了巴黎的妇女大游行,还经常在沿街的公共露台向群众发表演说,在公共场合以男装示人。梅里古尔是吉伦特派的支持者,提倡建立混合性别和女性爱国主义俱乐部。她曾撰写相关文章建议革命政府给予女性以公民权和持有武器的权利,这样就能团结市民阶层,扩大革命队伍,但她的建议未被采纳。1793年,她因政治立场问题而受到支持雅各宾派革命群众的袭击,1795年被认定为有精神疾病。她于1807年被送入精神病院,1817年病逝。德·梅里古尔的行动和文字具有非常重大的时代意义,从她留存至今的文字中,我们得以了解在法国大革命期间,女性是如何参与到这场声势浩大的社会运动中来的,而女性在这场运动中的立场又是怎样形成的。在她们的诉求中,我们看到了现代女性自主意识形成过程中的重要一环,那就是想要成为自己。

露西娅·德穆兰是法国大革命时期的革命家和作家。她于1770年出生在巴黎,父亲是法国财政部的官员。她的童年和青年时期是在巴黎城中和乡间农场度过的,生活安宁富足。她曾经也进行过一些创作活动,写过诗歌、散文和短篇小说,但作品在她生前均未出版。1790年,她与记者兼律师卡米尔·德穆兰(Camille Desmoulins,1760—1794)成婚,罗伯斯庇尔是他们的证婚人。露西娅·德穆兰在婚后全心支持丈夫的革命事业,她经常

第四章
法国现代女性作家的出现

与丈夫一起参加政治活动，并在日记中留下了关于当时场景的记述。当国民大会通过了对路易十六的处决决议时，露西娅·德穆兰在日记中写道："我们终于胜利了。"卡米尔·德穆兰在1794年发表了《科德利耶的看法》(*Le Vieux Cordelier*)，他在其中主张新闻自由，呼吁对反革命者进行宽大处理，还应适时停止恐怖统治，这样的政治立场使他成为革命镇压的对象。1794年，卡米尔·德穆兰与丹东被捕，随后被处决。露西娅·德穆兰曾给罗伯斯庇尔写信，试图通过追述友谊来挽救丈夫，但没有成功。卡米尔·德穆兰被处决后，露西娅·德穆兰也很快被捕，罪名是密谋营救她的丈夫。1794年4月13日，露西娅·德穆兰被处决。

露西娅·德穆兰现存较为完整的作品是其写于1788年、1789年、1792年和1793年的日记。她的文字中表现出异常敏锐的政治意识和鲜明的政治立场。她很清醒地意识到革命并不会从根本上改变女性的处境，只不过又为女性重新树立起一些需要膜拜的神，女性真正需要的是绝对的自由。

随着后世对相关文献的不断发现，有越来越多的证据表明，在18世纪后期的许多知识女性都参与到了一些重大的历史事件中，她们曾以行动和文字表明了自己的看法和立场，而在宏大的历史叙述下，她们的声音往往都被遮蔽了。当重新审视这些书写行为的意义时，我们会发现，自18世纪后期开始，法国女性与政治的关联是其行为获得公共性的重要标识，而女性书写也正是在不断获取公共性意义的同时彰显其现代性特质。

第五章

法国现代女性作家的生成

1789年的大革命使法国总体社会情境发生了巨大的改变，女性的生存状况也随之发生了变化，但从实质上说，女性的地位和权益依然没有特别明显的改善。在1804年3月颁布的《拿破仑法典》中规定："妻子必须知道，在离开了父亲的监护以后，就接受丈夫的监护。不经丈夫的同意，妻子不能参与任何司法行为，丈夫是管理夫妇共同财产的唯一主人。……同样，孩子不属于母亲，而是属于父亲。"[1]这些针对女性的压制性条款代表了法国19世纪初期主导性的社会观念，而在多种因素的阻碍下，法国女性直到第二帝国末期才逐渐获得了合法工作的权利。自19世纪30年代起，法国女性进行了一场旨在争取婚姻自主权与工作权的女权运动，她们利用报刊等新兴媒体广泛宣传自己的主张，为女性争取

---

[1] ［法］安东尼·德·巴克、佛朗索瓦丝·梅洛尼奥：《法国文化史Ⅲ》，朱静、许光华译，华东师范大学出版社，2006年，第155页。

应得的权益。经过漫长而艰辛的抗争，法国女性逐渐在法律上取得了选举权、财产权、婚姻自主权等权益，女性的教育也得到明显改善。到 19 世纪末为止，社会阶层壁垒的进一步弱化以及公共空间的进一步开放使法国女性的合法工作领域已经扩大到如医护、记者、工商业经营者、职业作家等原来由男性独享的多种职业种类。女性在文学创作领域也有了长足的发展，自文艺复兴时期以来的女性文学传统得到强化，女性文学创作进入繁盛期。一方面，资产阶级和平民女作家的数量日益增多，女性作家的群体规模有所壮大；另一方面，此时的女性作家在创作题材和表现形式等方面有所突破，创作出一些具有划时代意义的作品，显现出前所未有的自觉性和创造性。卡罗拉·海塞（Carla Hesse）认为，"从最根本的意义上看，现代性即一个人对自我创造的自觉意识。它要求具备特别的知识技能及高度发展的交流体制。写作在这里具有至关重要的意义，它使我们和我们的思想相互独立，使我们拥有思想，并且得以在特定的时空内与别人交换思想"[1]。从这个意义上看，19 世纪的法国女性作家以自己的生活和作品宣告了现代女性的诞生。

第一节　斯达尔夫人

19 世纪初期法国最有影响力的女作家是斯达尔夫人，她原名

---

[1] Carla Hesse, *The Other Enlightenment: How French Women Became Modern*, Princeton University Press, 2003, p. XII.

安娜·路易丝·热尔曼娜·内克（Anne Louise Germaine Necker）。其父雅克·内克曾担任路易十六的财政大臣，因在财政政策上与路易十六的看法相左而被罢免。斯达尔夫人年少时即在母亲内克夫人主持的沙龙中尽显才华，受到广泛赞誉。1786年，她与瑞典驻巴黎大使埃里克·德·斯达尔男爵结婚。1789年法国大革命爆发以后，斯达尔夫人一度站在支持革命的立场，但她一直受父亲的影响推崇英国议会制君主立宪政体。在法国大革命期间，她基本上一直生活在巴黎，她的沙龙成为那些支持现代君主立宪制和两院制立法机构的改革家的议事厅。在法国大革命的恐怖施政期间，斯达尔夫人利用当时她因丈夫的身份所获得的外交豁免权，帮助很多立宪派人士逃出法国。在短暂离开后，斯达尔夫人于1794年又回到巴黎继续主持她的沙龙，1797年与丈夫正式分居。1799年，斯达尔夫人对发动了雾月政变的拿破仑满怀期待，她一度将其视为法国的拯救者。几年后，斯达尔夫人就对拿破仑的独断专行感到失望，她在各种公开场合表达了自己的看法，这些做法激怒了拿破仑，他于1803年下令将斯达尔夫人驱逐出法国。在外流亡期间，斯达尔夫人先后游历了德国、瑞士、意大利、奥地利和英国等地，足迹几乎遍布欧洲。她每到一处就潜心研究当地的文化、艺术和风俗传统，还与当时的许多作家和学者进行了深入的交流，如施莱格尔、拜伦等，这使她形成了更为开阔的视野和跨文化的思考方式。1814年波旁王朝复辟后，斯达尔夫人回到巴黎，但现实令她深感失望。在随后因拿破仑回归而出现的"百

第五章
法国现代女性作家的生成

日王朝"期间,斯达尔夫人再次被迫流亡。1816 年,健康状况不佳的斯达尔夫人再次回到巴黎,于 1817 年夏天病逝于此。

斯达尔夫人集作家、文学批评家和政论家于一身,她的作品种类繁多,有小说、戏剧、散文、文学批评、传记、回忆录和诗歌等。斯达尔夫人最初的作品是浪漫剧《苏菲,或秘密感情》(*Sophie, ou les sentiments secrets*, 1786),该作品出版后在当时没有引起很大关注。《论让-雅克·卢梭的性格和著作的书信》(*Lettres sur les ouvrages et le caractère de J.-J. Rousseau*, 1788)是她的第一部论著,她在其中讨论了卢梭作品的主要特点,并赞扬了卢梭性格中的唯情特点,显露出早期的浪漫主义文学批评观念。在论文《激情对个人和国家幸福的影响》("De l'influence des passions sur le bonheur des individus et des nations", 1796)中,斯达尔夫人分析了制度与道德自由之间的关联,认为无论在何种制度下,道德的绝对自由都是个体不可剥夺的权利,这篇论文也是欧洲早期浪漫主义思想的重要来源之一。斯达尔夫人在小说《苔尔芬》(*Delphine*, 1802)中塑造了一个心地纯洁、品格高尚却有着悲剧性命运的女性形象,以此表达对理想爱情境界的赞美及对社会流俗势力的批判。拿破仑认为这部作品过分颂扬自由,对离婚及新教思想的大肆肯定使其具有非道德、反社会及反天主教的性质,并以此为借口将斯达尔夫人驱逐出巴黎。斯达尔夫人在后来的小说《柯丽娜》(*Corinne ou l'Italie*, 1807)中塑造的女主人公则是一个不愿为爱情牺牲事业和个人追求,始终保持自身独立、追求自由的女性。这两部小说以崭新的女性形象传达出 19 世纪初期追求独立自主、超越传统的女性观念，具有浓厚的浪漫主义色彩和新的时代气息。

斯达尔夫人最重要的两部论著是《论文学与社会制度的关系》(*De la littérature considérée dans ses rapports avec les institutions socials*, 1800) 和《论德国》(*De l'Allemagne*, 1810)。这两部作品集中阐述了斯达尔夫人在文学发展规律方面的一些观点，具有划时代意义。在《论文学与社会制度的关系》中，斯达尔夫人发展了狄德罗关于文学与社会风尚互相联系的观点，并据此分析了从古希腊到 18 世纪的欧洲文学发展史，分别论述了北方（德国、英国和斯堪的纳维亚半岛）与南方（法国和意大利）的文学特点。她认为北方文学是浪漫的、具有创造性的和自由的，而南方文学则具有古典气息，注重庄重性和传统的发展。她还分析了各种文学思潮的更迭，更明确表达了对浪漫主义文学的推崇。在《论德国》中，她对德国的文学、艺术、哲学和道德以及宗教进行了细致的分析。她指出，德国人感情充沛而且富有艺术才能，他们性格中还兼有严谨的特点，德国人这些内在的特点对他们的文学创作有很大的推动作用。和德国文学相比，法国文学就显得更加轻巧灵敏，而且在发展中受到了德国文学的影响。实际上，斯达尔夫人关注的是地理环境对一个国家（民族）的文化传统、社会制度、民族精神及宗教和法律等方面的影响，以此来考察这些要素与文学创作活动之间的关联。她看到了文学创作与特定民族性、特殊社会历史时期和时代精神之间的关联,在一种比较性的视野内看待不同民族间的文学的相互关系,而且把创作主体的内在情感作为文学发展的主要驱动力。斯达尔夫人的这些观点在当时是很有创见性的,而且对19世纪初期法国浪漫主义文学的发展有很大的理论意义。

有研究者认为,斯达尔夫人的文学批评兼具文学与社会学两方面的考量,她的出现使伏尔泰等人开创的文学批评范式得到了有效传承。与此同时,斯达尔夫人所秉持的跨文化立场,也使她成为后来泰纳(Taine)等人创立的"比较文学"研究方法的先声。从这个意义上看,斯达尔夫人是法国现代文学发展中不可或缺的、承上启下式的人物。

第二节 乔治·桑

乔治·桑,原名阿曼蒂娜-奥萝尔-露茜·杜邦(Amandine-Aurore-Lucile Dupin),法国19世纪浪漫主义文学代表作家之一,女权主义的先驱者。乔治·桑出身于贵族之家,父亲为法兰西第一帝国时期的军官,母亲为底层艺人。她4岁时父亲不慎坠马去世,祖母担负起养育她的职责。童年时跟随祖母在诺昂庄园(Nohant Vic)的生活给她带来无穷乐趣,也使她形成了热爱自然、自由奔放的性格。1817年,她被送进巴黎一家修道院学习,三年后被担心其成为修女的祖母提前接回。1822年,她与卡西米尔·杜德旺(Casimir Dudevant)男爵结婚。随着丈夫日渐粗鄙庸俗，婚姻生活也显得越来越难以忍受。她于 1831 年带着两个孩子离开了她的丈夫，随后在法庭上争取到了合法分居。曾帮助她处理诉讼事宜的律师米歇尔·德·布尔日鼓励她按照自己的喜好进行创作，她开始尝试写作。1831 年 4 月—12 月，她连续发表了三篇署名为儒勒·桑的小说，一年后正式以乔治·桑为笔名开始了自己的创作生涯。

1832 年，小说《安蒂亚娜》（*Indiana*）与《瓦朗蒂娜》（*Valentine*）的成功为乔治·桑带来了经济保障和荣誉，她正式成为巴黎作家群体中的一员。1835 年，乔治·桑与丈夫正式离婚，摆脱了婚姻的限制后，她开启了多彩而又富有争议的自由生活。她在自己家中招待不同领域的文化名流，经常来往的人中有文学家福楼拜、梅里美、屠格涅夫、小仲马和巴尔扎克等人，音乐家肖邦和画家欧仁·德拉克洛瓦（Eugène Delacroix）等人也是乔治·桑客厅里的常客。乔治·桑在这一时期的写作也受到了文学批评家亨利·德·拉图什（Henri de Latouche）和夏尔·圣勃夫（Charles Sainte-Beuve）等人的指导。在巴黎期间，乔治·桑热衷于以男装出现在公众场所，尤其是在一些禁止女性出现的场合，她还频繁更换自己的男性伴侣，其中以缪塞和肖邦最为著名。这些行为在 19 世纪法国的正统社会看来无疑是离经叛道的，被认为对社会道德具有极大的破坏力，她也因此备受舆论指责。

1836 年前后，乔治·桑受到空想社会主义理论家皮埃尔·勒鲁（Pierre Leroux）的影响，开始关注社会不公的现象，并以此

第五章
法国现代女性作家的生成

为主题创作一系列"社会问题小说"。1848年2月，法兰西第二共和国成立后，乔治·桑积极参加政治活动，并为官方报纸《共和国报》(La République)撰写文章，表达了自己消除阶级差别的主张和对共和政体的支持。她对共和国的未来充满了热切的期待，但6月的工人暴动及随后政府对工人的镇压行为使乔治·桑的政治理想破灭了，她回到诺昂，从此对政治采取远观的态度。晚年的乔治·桑隐居诺昂，创作了一系列田园小说。她的庄园成为当时法国文化名流的聚会场所，圣勃夫、儒勒·米什莱（Jules Michelet）、福楼拜、小仲马、巴尔扎克等人经常出入她的宅邸。乔治·桑对下层人民始终抱有同情的态度，她尽力从经济和文化上改善诺昂庄园附近农民的生活，教农民的孩子识字，还组织乡村木偶剧团进行演出，她是当地人心中"诺昂的好夫人"。1876年，乔治·桑因病去世并埋葬于诺昂。

乔治·桑一生共创作了244部作品，其作品形式涵盖了故事、小说、戏剧、杂文等多个类别，另有3万多封具有文学价值的往还书信，留下了特定历史时期的精神影像。乔治·桑的创作主要分三个时期。

早期（1832—1836）她以自己的感情生活为基础，创作了一系列描写女性婚恋经历、表达爱情至上观念的情感小说。《安蒂亚娜》中的女主人公情感失意而又执着追寻真爱，《瓦朗蒂娜》中的女主人公在追求真爱的过程中遭遇不幸，《莱利亚》(Lélia, 1833)中的女主人公则在追求个人情感自由的过程中被剥夺了生命。这一时期较有意义的作品还有《雅克》(*Jacques*, 1834)和《莫普拉》(*Mauprat*, 1836)等。通过这些作品，乔治·桑批判了包办婚姻制度及女性在婚姻中的低下地位，表达了自己的爱情观。她作品中的女主人公几乎都视爱情如生命，将其作为自己人生的终极意义所在，是爱情使她们敢于冲破偏见和习俗的羁绊，不顾一切追求自己的幸福。这些小说情节的展开只依赖于几位主要人物的活动，就其内容和视野而言较为狭窄，反映了乔治·桑早期初入文坛时缺乏一定的社会生活经验，只能从自己以往的经历中汲取灵感的不足之处。但从另一方面看，乔治·桑的作品从一开始就具有鲜明的浪漫主义格调，以女性作家的委婉细腻为 19 世纪的法国文学涂上一抹亮色。

乔治·桑的中期(1836—1848)创作受到空想社会主义思想的影响，虽然仍以爱情为主题切入点，但作品的视野更为开阔，在内容和思想深度方面也有所加强。她将目光投向了更加广阔的社会生活，关注生活中存在的种种不合理现象，创作了一系列社会问题小说。这一时期的主要作品有《木工小史》(*Le Compagnon du tour de France*, 1840)、《康素爱萝》(*Consuelo*, 1842—1843)和《安吉堡的磨工》(*Le Meunier D'Angibault Le Meunier D'Angibault*, 1845)。这些作品都不再只以女性为主要人物，婚恋问题也不再是小说中占绝对主导地位的主题。乔治·桑在社会问题小说中所塑造的主人公都来自下层社会，他们身上集中显现出来的美好品质代表了作者本人的理想。尽管此时的作品有更多的现实色彩，但就小说情节的总体布局及表现手法而言，依然是浪漫主义的。《木

第五章
法国现代女性作家的生成

工小史》以品格高尚、具有时代意识的细木工皮埃尔·于格南为主人公，通过他组织工人团结一心反对阶级压迫、为工人争取应得的权益的一系列活动，辅以他与贵族小姐伊瑟尔的奇特爱情经历，塑造了一个处于时代变革前夕的、崭新的工人形象，他体现了乔治·桑所倡导的底层社会自救思想。《康素爱萝》以18世纪中期为时代背景。女主人公康素爱萝是个底层艺人，当她在舞台上小有成就之时却不得不面对未婚夫的欺骗和背叛，康素爱萝一怒之下远走他乡。后来，她与具有民主意识的伯爵之子阿尔贝互生情愫，但却因不愿受困于贵族之家再次出走。多年后，康素爱萝得知阿尔贝病重前往探视，并在其弥留之际与之成婚，随即抛却一切归于自己名下的财产，又一次踏上旅途。康素爱萝是自由意识的化身，她的每一次上路都是个体的自由意愿冲破束缚的过程，也是个体朝更高层面的精神世界迈进的过程。"乔治·桑通过对贵族女性或女艺术家的主题进行多样化的变换，表现出或者试图表现出女性的意愿，这使她得以用此检视那些否认这种意愿的不同文化机制。"[1] 康素爱萝对美好情感的珍视、对金钱和权势的漠视反映了乔治·桑对19世纪社会现实的一种批判态度，也是她对空想社会主义思想的一种诠释。

1848年欧洲革命浪潮过后，残酷的现实使乔治·桑的理想

---

[1] Françoise Massardier-Kenney, *Gender in the Fiction of George Sand*, Rodopi, 2000, p.66.

趋于破灭,她的作品主题也逐渐远离现实问题,转向对美好人情和人性的挖掘表现,进入以田园小说为主的创作晚期(1848—1876)。乔治·桑在这一阶段的创作主要以旖旎恬静的乡村田园为背景,以发生在这一背景下的爱情故事来呈现人类内心深处纯净美好的品质。这些作品篇幅较小,既包含其早期创作中对主观情感的关注,也具有一定的空想社会主义思想色彩,同时摆脱了单纯表现情感世界的狭隘和对空想社会主义理论的抽象说教,在平实的日常生活场景中涌动着鲜活的情感,具有较强的表现力和较高的艺术性。早在1846年,乔治·桑就发表了具有浓郁田园小说风格的《魔沼》(*La Mare Au Diable*),讲述了一个发生在乡村社会里的爱情故事。农夫日尔曼和牧羊女玛丽在"魔沼"这一特殊环境下逐步加深了解,由陌生到相爱,最后终成眷属。作品在诗一般的恬淡氛围中展现了男女主人公的纯净心灵和美好品质,为后期的田园小说奠定了基调。勃兰兑斯(Brandes)甚至认为,就其"天真纯朴的魅力"而言,《魔沼》"是所有这些乡村小说中的宝石。在这部作品中,法国小说的理想主义达到了最高水平。在这部作品中,乔治·桑贡献给世界的,是她向巴尔扎克宣称她所乐意写作的——18世纪的牧歌"[①]。

这些牧歌式的田园小说大多以农民生活为表现对象,主人

[①] [丹麦] 勃兰兑斯:《十九世纪文学主流》第五分册,李宗杰译,人民文学出版社,2009年,第170页。

公也多是理想化的农民形象，如《小法岱特》(*La Petite Fadette*, 1849) 中的富农之子朗德烈与野姑娘小法岱特、《弃儿弗朗索瓦》(*François Le Champi*, 1850) 中的磨坊女主人玛德兰·布朗舍和雇工弗朗索瓦等，尽管这些形象是经过乔治·桑的理想化变形而形成的，但这种对农民形象的关注仍具有重要的时代意义。乔治·桑以卢梭的自然观和人性观为基础，将这一群体置于远离现代社会尘世喧嚣的乡村田园中，消除了阶层地位、贫富差距等一系列矛盾，突出表现了人与人之间的具有本质性的情感关联，使自然之美与人性之美形成相互映衬的格局，构建起一个现代文明之外的理想世界。这一时期较有代表性的小说还有《笛师》(*Les Maîtres Sonneurs*, 1852) 和《维尔梅侯爵》(*Marquis De Villemer*, 1860) 等。晚年的乔治·桑还在散文《她与他》(*Elle Et Lui*, 1859) 中追忆了自己早年和缪塞的恋情，在回忆录《我的生活》(*Histoire de ma vie*, 1855) 中对自己早年的生活和心理发展历程给予了细致的分析，为自己在后世的形象留下了时代的见证。

身为19世纪的女性作家，乔治·桑在以实际行动冲击压制性的传统习俗的同时，使自己的创作摆脱了单纯的经济目的，在社会政治体制、社会阶层关系、女性在婚姻中的地位和命运及爱情的理想模式等诸多领域发出了女性自己的声音，她的自由见解和理想情怀是现代女性意识形成过程中必不可少的重要元素，是现代女性在"成为自己"的路程中迈出的关键步伐。

第三节　女权主义与女性写作

法国女性的自主意识早在中世纪就已经萌生，当时的女作家皮桑就曾经在《妇女城》中表达过应赋予女性政治权利的主张。在随后的几个世纪中，这种朦胧的自主意识不断地在法国女性的作品中被强化，最后在18世纪法国大革命时期喷薄而出。尽管当时被提出的诸多女权主义主张并未得以实现，但是女性的自主意识已经深深植根于法国的文化血脉中，在后来的时代中持续发挥着重要作用。

弗洛尔·塞勒斯蒂娜·黛莱丝·特里斯坦-莫斯科苏·特里斯坦（Flore Célestine Thérèse Tristan-Moscoso Tristan）是西方现代女权主义的奠基人之一。她于1803年出生在巴黎，母亲是法国人，父亲是在秘鲁担任军官的西班牙贵族，虽然他们有神父证婚，但这桩跨国婚姻因当时社会情境的种种限制而未能被法律认可。幼年时的弗洛尔生活无忧，但5岁时父亲的突然离世使她的生活发生了巨大的变化，她的母亲无法继承丈夫的任何财产，只能带着弗洛尔姐弟在巴黎的贫民窟里挣扎。生存压力使弗洛尔无法接受正规的教育，她很早就在工厂里做工，并在17岁时与自己工作的那个小印刷厂的厂主结婚。几年后，丈夫的暴力和极度的人身控制让弗洛尔毅然带着女儿离家出走，此后一生都行走在争取自由的路上，为自己，也为现在和未来所有的女性。

离家之后的弗洛尔以当帮佣和做零工维持生计，曾随雇主到

第五章
法国现代女性作家的生成

过欧洲其他国家。她偶然间得知自己还有远在秘鲁的亲属，于是便给对方写信寻求帮助。在对方的积极回应下，1833年，弗洛尔乘船前往秘鲁，她在那里受到了热情的接待。彼时，秘鲁虽然在政体上是共和国，但由于刚刚摆脱西班牙的殖民统治，原来殖民时期的一些习俗还有所保留。弗洛尔把在秘鲁期间的见闻记录下来，回国后以《一个贱民的异国之旅》(*Peregrinations of a Pariah*, 1838)为名出版，弗洛尔·特里斯坦从此成为她的笔名。由于弗洛尔·特里斯坦的文化水平不高，她的游记并没有什么文采，但作品胜在自然真切，以底层人的视角描述了自己在秘鲁的所见所闻，使读者耳目一新。弗洛尔由此进入了巴黎公共知识界的视野，也为她后来的作家生涯奠定了基础。

此后，弗洛尔·特里斯坦的丈夫向法院提起控告，诉其弃夫背俗，还采取绑架女儿等手段逼迫弗洛尔·特里斯坦就范。弗洛尔·特里斯坦救出女儿后反诉丈夫，结果法院依据当时的法律条款判定后者无罪，弗洛尔·特里斯坦却因从家中逃离而有道德过失，女儿被强制送进寄宿学校。弗洛尔·特里斯坦的丈夫随后用手枪袭击了她，受当时医疗条件所限，她终身都不得不与那颗射入心脏旁边的子弹相伴。弗洛尔·特里斯坦的丈夫被判入狱，她终于获得了自由。此后的一段时间里，弗洛尔·特里斯坦一直致力于为争取女性的自由和改善底层社会民众的生活境况而奔走。她以公开讲演、撰写小册子等形式表达自己的观点，还曾数次在离婚合法化及改善工人待遇的请愿书上签署自己的名字。

成为自己：
法国女性写作简史

1839 年，弗洛尔·特里斯坦访问英国后，出版了反映这个处于工业革命中心地带的工人阶级困境的报告《伦敦漫游》(*Promenades dans Londres*, 1840)。在当时，她通过女扮男装才能进入各种相关场所，完成这次实地考察，所见所感使她更加清楚地意识到工人阶级和女性的困境。弗洛尔·特里斯坦在序言中还提醒法国工人，随着工业化进程的不断推进，他们也终将面临与伦敦产业工人相似的困境。她认为，女性由于遭受经济和性别的双重压迫而生活在极度悲惨的境地中，只有工人阶级和女性这些被压迫的人都团结起来才能摆脱受奴役的状况。她在作品中指出，女性一直在孤军作战，由于力量悬殊，只凭女性自身是永远也无法改造现有社会的。使女性受到压迫的，除了那些社会机器外，更有根深蒂固的社会传统观念和带有歧视性的法制系统。女性如果想要取得抗争胜利就必须联合这个社会的其他被压迫者——工人和一切受压迫的劳动者，还要联合整个欧洲乃至全世界的女性和一切劳动者，由此才能形成合力，从根本上改造社会的体制和法制系统，使所有人都能享有自由的权利，这一思想在当时是非常具有前瞻性的。

1844 年末，在宣传这本书的巡回演讲过程中，弗洛尔·特里斯坦因病在波尔多去世。1848 年 10 月，法国工人在波尔多为弗洛尔·特里斯坦建造了一座纪念碑。

弗洛尔·特里斯坦的创作成就除了前述两部作品外，还有一部论著《工人联盟》(*L'Union ouvrière*, 1843)。这是她在对法国工

第五章
法国现代女性作家的生成

人生活状况的调查基础上形成的一些观点的集中表述。她视法国工人群体为"最大和最有用的阶级",认为他们的行动是能否实现社会转型的关键所在。她在这部作品中延续了此前在《伦敦漫游》中的思考,认为工人群体如果想成为一支无法忽视的政治力量,就必须形成一个有效的组织,比如建立一个拥有广泛成员的工会,以此取代传统的以手工业者为基础的各种协会。这样的组织能够把各个种类的工人和妇女群体都囊括进来,以使组织的整体力量不断壮大,最终实现斗争目标。

作为19世纪最重要的女权主义者之一,弗洛尔·特里斯坦的意义在于,她将女性的自由与整个受压迫阶层的解放关联起来,使二者成为思想和社会组织层面上的紧密共同体,这种具有创造性的观念影响了后来的许多社会思想家。

路易丝·米歇尔是19世纪后期法国女权运动的代表人物。她是巴黎公社的女战士,也是19世纪除乔治·桑以外唯一以男装形象出入公共场合的知识女性。她将女性解放与工人运动和社会主义运动相结合,倡导组织妇女联盟(Union de Femmes),以团结斗争的形式增强反抗的力量。她的代表作有小说《平民的女儿》(*La Fille du peuple*, 1883)、《回忆录》(*Mémoires*, 1886)和《公社》(*La Commune*, 1898)等。

路易丝·米歇尔于1830年出生在法国上马恩省(Haute-Marne)的一个城堡中,是一个贵族的私生女。她童年时期完全由其祖父母来进行教育。她的祖父母都是很有学识的人,他们都参加过法国大革命，经常在她面前追忆当年的盛况。路易丝·米歇尔在他们的指导下阅读了很多启蒙思想家的著作，从小就对以个体自由为宗旨的革命运动心怀向往。在祖父母去世后，她被驱离了城堡，结束了田园诗般的生活。1852年左右，路易丝·米歇尔完成了师范学校的学业，由于不肯向当时的政府宣誓效忠，她无缘公办学校的教职，便选择回家乡开办私立学校。她对学生采用了丰富多彩的教育手段，向学生传播自由、民主、共和等思想，教学生唱《马赛曲》，公开抨击当时的法兰西第二帝国。这些行为导致她一度成为被官方教育部门训诫的对象，她也被迫辗转多地谋生。路易丝·米歇尔在1856年前往巴黎的一所学校任教。此后，她利用一切空余时间学习，参与各种政治活动，为共和派的报刊撰写文章。在夜校学习的时候，她结识了布朗基主义（Blanquism）[①]者泰奥菲尔·费烈（Théophile Ferré）等人，深受对方思想的影响。1870年，她与巴黎革命群众一起参加了被拿破仑三世的堂弟皮埃尔·波拿巴杀害的记者维克多·诺瓦（Victor Noir）的葬礼。1870年普法战争爆发后，路易丝·米歇尔加入了反战的队伍中，与革命者组建了巴黎各区的警备委员会，她自己参加了蒙马特尔区（Montmartre）的警备委员会，并担任革命妇

---

① 布朗基主义是一种革命观念，由路易·奥古斯特·布朗基（Louis Auguste Blanqui, 1805—1881）提出，他认为社会主义革命应该由少数人通过密谋活动来夺取政权，革命者会利用国家权力推行社会主义。

第五章
法国现代女性作家的生成

女组织的主席。在法军战败后，拿破仑三世被俘，普鲁士人围攻巴黎，巴黎革命民众于10月31日起义，拉开了巴黎公社运动的序幕。次年3月18日，巴黎公社成立。路易丝·米歇尔全程参与了此前巴黎群众的起义及巴黎公社成立后与政府军的战斗，她是公社所属蒙马特尔第六十一营的士兵，也承担救护伤兵及传送信息等任务。5月21日，巴黎被政府军攻陷，巴黎公社宣告失败。路易丝·米歇尔和她的两个战友在街垒站中战斗到最后一刻，于5月24日被捕。1871年12月16日，路易丝·米歇尔在出庭受审时选择了为自己辩护，她强调了自己行为的正当性和正义性，表现出不肯屈服的坚强意志。雨果后来曾以诗作向其英勇行为致敬。随后，路易丝·米歇尔被判流放至位于南太平洋上的法属新喀里多尼亚岛（Nouvelle-Calédonie）10年。1873年底，路易丝·米歇尔与其他900多名战友抵达新喀里多尼亚岛。在此后的岁月中，她与当地人建立了深厚的友谊，不仅教他们文化知识，更支持他们反抗法国政府的殖民统治。在这段流放岁月里，路易丝·米歇尔接受了无政府主义思想。

1880年，法国政府施行大赦，路易丝·米歇尔于当年11月回到巴黎，许多群众自发前往火车站迎接她的归来。1883年3月，路易丝·米歇尔因领导失业工人的游行再次被捕，被判处6年监禁，1885年被赦免提前出狱。获得自由后的路易丝·米歇尔依然没有停下自己的脚步，她不断参加集会，躲避军警对她的监视，有时也会再次经历短暂的牢狱生活。1888年，在勒阿弗尔（Le

Havre）的一次集会上，她被一个保守主义的极端分子开枪打伤，幸而没有造成致命伤害。1890年以后，路易丝·米歇尔在英国、法国、荷兰、比利时等国家之间游走，她一方面考察各国的女性和工人阶级的生存状况，另一方面不断宣传自己的革命思想，传授巴黎公社的斗争经验。1905年1月，路易丝·米歇尔因病在马赛去世。在生命的最后几年中，路易丝·米歇尔彻底转变成了一个无政府主义者，她坚信"自由无法与任何形式的权力共存"。

　　路易丝·米歇尔的作品都是以阐述其社会理论和政治思想为主要目的，尽管她的思想发展有过不同时期的变化，但女性的彻底解放和工人阶级的抗争始终是她关注的核心问题。除了一些政论性极强的作品，她还以文学的形式表达自己的政治观点和社会理想。1865年，她曾经改编过《马赛曲》的歌词，借此呼吁人民发动大规模起义来保卫共和国。她认为，与失败相比，为革命而殉道是更有价值的行为。这种观念也在她的其他作品中有所表露。她在自己的第一部无政府主义戏剧《纳丁》(*Nadine*, 1882) 中从无政府主义的角度探讨女性的应有的权利，主张女性应该接受教育，婚姻应该是自由的，男性不应拥有对女性的财产权。在随后的几部作品如《像病菌一样的人》(*Les Microbes humains*, 1886) 和《时代之罪：未发表的新作》(*Les Crimes de l'époque: nouvelles inédites*, 1888) 中，她重新审视了自己早期作品的主题，同时设想了旧秩序的瓦解以及新的平等社会的建立。更重要的是，她在作品中探讨了后革命时代个体应该享有的权利以及应该承担的责任。

第五章
法国现代女性作家的生成

在回忆录《新时代，最后的思想，喀里多尼亚的回忆》(*L'Ère nouvelle, pensée dernière, souvenirs de Calédonie*, 1887) 中，路易丝·米歇尔对未来的社会发展趋势进行了预测，她意识到，科学技术的进步导致未来的社会一定是生产力富足的，而机器也会取代人类的体力劳动。只有在无政府主义的政治思想指引下才可能形成对财富的平等分配。从这里我们可以看出，像早期的其他无政府主义者一样，路易丝·米歇尔不相信历史发展可以不断改进，她认为真正的进步只能来自智力的发展、社会的进化和解放，她对未来社会的设想源自对科技进步和人类自身能力的无限自信。她坦承，1883 年由克鲁泡特金（Kropotkin）等人撰写的《里昂无政府主义宣言》已经准确地表达了她的观点。她推崇人民的自发性起义行为，但并不赞成以绝对的暴力作为革命唯一的手段。

作为革命家和女权主义者，路易丝·米歇尔是坚定而又强悍的；作为作家，路易丝·米歇尔又是细腻而感性的。她用几十年的抗争持续不断地提醒世人，女性这一性别身份从降生就意味着不自由，而女性要想真正"成为自己"就要敢于突破禁忌，无所畏惧，哪怕要一个人对抗整个世界。

玛丽·卡特琳·德·弗拉维尼（Marie Catherine de Flavigny, 1805—1876），也称夏尔·德·阿古伯爵夫人（Comtesse Charles d'Agoult），笔名达尼埃尔·斯特恩（Daniel Stern），1805 年出生于德国法兰克福，她的父亲是流亡德国的法国贵族，母亲是德国银行家的女儿。她幼年时期生活在德国，在波旁王朝复辟后回到法国接受教育。她在早年与巴黎文学艺术界交往颇多，1834年因与阿古伯爵的婚姻无法继续下去而与匈牙利作曲家李斯特（Liszt）一起出走，随着李斯特的巡回演出路线，两人遍游欧洲。他们一起生育了两个孩子，其中一个女儿科西玛（Cosima）后来成为音乐家瓦格纳（Wagner）的妻子。阿古夫人在结束了与李斯特的恋情后于1839年回到巴黎，开始进行文学创作。她主持的沙龙气氛自由，一些人经常聚在一起讨论当时欧洲的革命形势。她在1846年出版了自传体小说《奈莉达》（*Nelida*），以自己的早年生活为素材塑造了一位情感丰富、坚强独立的现代女性。在1847年发表的小说《瓦朗蒂亚》（*Valentia*）中，她通过对女性婚恋经历的描写表达了对当时婚姻道德的批判，可以看作对其好友乔治·桑相关观点的一种回应。作品注重瞬间描写，对人物的心理世界有深层展露，具有感伤小说的韵味。由于小说中也隐晦地表现了女性之间的爱恋，一度被批评家们视为离经叛道之作。

除了小说以外，阿古夫人也有一些政论性作品。她于1847年出版的《自由论》（*Essai sur la liberté*）广受好评，确立了她作为女权主义思想家的地位。阿古夫人还在报纸上发表有关政治事件分析的报道，表达自己对共和制政体的支持。她于1848年5月—12月发表的文章被收录成集，以《道德与政治构想中的共和党人信札》（*Lettres Républicaines in Esquisses morales et politiques*, 1849）为名出版。这些文章主题广泛，包括对国民议会主要成员的简介以及对总统竞选态势的分析和评论。她还曾公开批评总统候选人

第五章
法国现代女性作家的生成

路易·拿破仑·波拿巴,认为他有辱波拿巴这个家族的名号。

阿古夫人在 1850—1853 年间出版了三卷本的历史著作《1848 年革命史》(Histoire de la révolution de 1848),这部作品以目击者的实证为基础,辅以严谨的事件调查和文献考证,对 1848 年的革命形势进行了细致的分析,为当时的重要历史时刻留下了珍贵的脚注。阿古夫人长期关注国民议会的工作情况,她在作品中对其工作流程和事件的进展都进行过仔细记录。她还对巴黎的政治人物做了一定的分析,这有助于使民众更加了解政治决策者的基本情况。在描述一些群体性事件和突发性事件中,阿古夫人还会附以深入的探讨,这种对历史的理性态度影响了后世很多学者。

阿古夫人于 1876 年去世,此前她一直在准备出版自己的回忆录。1877 年,《我的记忆》(Mes Souvenirs)和《回忆录》(Mémoires)面世。从这些文字中,我们可以得知,阿古夫人在 19 世纪 40 年代左右转变为共和党人和自由思想主义者。她蔑视独裁却又厌恶当权者在政治上的无能。尽管她出身于贵族,但她对民主和社会正义的信仰无限诚挚。她没有接受乌托邦式的空想社会主义思想,但她对底层人民和被压迫者怀有深切同情。她的女权主义思想建立在女性自立的基础上,她倡导改善女性教育,追求但不盲目相信女性与男性的完全平等。她主张男性和女性建立一种互信互补的关系,男性去从事政治和经济等公共领域的事务,而女性则可以任意驰骋在文学、艺术等私人性的领域,以自己的学识对社会施加道德和精神的影响。阿古夫人并不赞同激进的女权主义，她更乐于采用温和的方式来改善女性的生存处境。她没有乔治·桑那么引人注目，但是她以自己的睿智和理性在后世发挥着持续的影响力。

第四节　19世纪的其他女作家

法国第一个接受了完整的高等教育并获得了学士学位的女作家是朱莉-维克托亚尔·道比埃（Julie-Victoire Daubié, 1824—1874），她于1824年出生在孚日山脉（Le massif des Vosges）的贝恩斯莱班，年幼丧父，在兄长的指导下自学各种语言。1844年她获得了教师资格证书后，进入巴黎自然历史博物馆学习动物学。由于身为女性，她无法在大学里获得正式教职，只好以担任私人家庭教师谋生。1859年，她参加了由帝国科学院和里昂文学学院举办的论文比赛，这篇论文获得了一等奖，并于1866—1869年分两卷本出版，题为《十九世纪的贫困女性》(La Femme pauvre au XIXe siècle)。她在其中详细叙述了社会在职业上和学术上对女性的排斥、男女工资不平等和其他歧视。道比埃对法国女性劳工的生存状况进行了具有社会历史意义的分析。她认为，工作是女性摆脱经济束缚的重要途径，这不仅是个人的幸福，同时是国家的福祉。1861年8月，她成为第一位参加学士学位考试并最终获得该学位的女性，具有标志性的现代意义。此后，她继续以女权活动家和学者的身份撰写有关女性面临的状况的文章，在当时较有影响。

第五章
法国现代女性作家的生成

阿丽丝·玛丽-塞莱斯苔·杜朗德（Alice Marie-Céleste Durand, 1842—1902）是19世纪后半期较为多产的作家、钢琴演奏家，笔名亨利·格莱维埃（Henry Gréville）。她于1842年出生在法国，父亲是一位大学教授。她早年曾陪同父亲在俄罗斯生活过一段时间。她的父亲在当时被聘请为圣彼得堡帝国大学的法国文学讲师。她在俄罗斯学习了一段时间，于1872年回到法国后，开始以亨利·格莱维埃为笔名发表作品。她以自己早年在俄国的经历为素材创作了小说、戏剧等作品，是《费加罗》(*Le Figaro*)、《时代》(*Le Temps*) 和《世纪》(*Le Siècle*) 等刊物的长期撰稿人。她的小说《多西娅》(*Dosia*, 1876) 获得了法兰西学院的好评，再版了150多次。《多西娅》是一部妙趣横生的大众小说，叙述了一个"假小子"获得女性气质的过程。作品通过多西娅的行为举止为读者展现了一个不同于以往男作家笔下的现代女郎形象，深化了当时批评界对虚构的女性形象的认识。莫泊桑曾高度赞扬她的作品。

马泰尔·德·让维勒伯爵夫人（Comtesse de Martel de Janville, 1850—1932），原名西比耶·加布里埃尔·玛丽-安托瓦内特·德·里凯蒂·德·米拉波（Sibylle Gabrielle Marie-Antoinette de Riqueti de Mirabeau），笔名吉普（Gyp），是19世纪晚期的代表性女作家，一生著作颇丰。她出身于布列塔尼的贵族家庭，父母都很有学识，她的母亲是一位作家。她于1869年与德·让维勒伯爵结婚，育有三个孩子。她主持的沙龙很有吸引力，当时的许多作家、学者和艺术家都是这个沙龙的常驻宾客，如马塞尔·普鲁斯特（Marcel Proust）、埃德加·德加（Edgar Degas）、莫里斯·巴雷斯（Maurice Barrès）、阿纳托尔·法郎士（Anatole France）、保罗·瓦莱里（Paul Valéry）、阿尔方斯·都德（Alphonse Daudet）等。从 1880 年开始，她以吉普为笔名出版作品。她的作品以法兰西第二帝国和第三共和国期间的社会生活为背景，对当时的政治人物和所谓的上层社会进行了辛辣的嘲讽，对一些社会热点问题也有精到的剖析，引人深思。她一生共创作了 120 多部作品，有些作品颇受欢迎。她的代表作有《可怜的小妇人》(*Ce que femme veut*, 1888)、《希丰的婚礼》(*Le Mariage de Chiffon*, 1894)、《别致的婚礼》(*Un Mariage chic*, 1903) 及《小女儿的回忆》(*Souvenirs d'une petite fille*, 1927—1928) 等。她也长期为《巴黎生活》(*La Vie Parisienne*) 和《世界评论》(*La Revue des Deux Mondes*) 撰稿。与此同时，她敌视共和主义，是一个狂热的反犹太主义者和反德雷福斯派（anti-Dreyfusards）[①]，在这种极端的民族主义情绪的驱使下，她在杂志上发表了许多敌视犹太人的漫画。她的作品从某种角度上反映了女性文学创作在 19 世纪晚期由浪漫主义向现实主义的转变。

[①] 反德雷福斯派，始于发生在 1894—1906 年间的"德雷福斯事件"（Dreyfus Affair）。犹太人德雷福斯于 1894 年被判犯有叛国罪，但真正的罪犯另有其人，而后出现要求重审德雷福斯案的社会运动，民众分裂为德雷福斯派和反德雷福斯派。

第五章
法国现代女性作家的生成

19世纪的法国女性作家几乎在社会生活的方方面面都留下了自己的印迹,她们不仅以自身的开创性显示出独特的时代特征,更将这种时代特征汇入女性文学的发展源流中,增强了女性文学的传统。正是因为有了她们的声音,后来的女性作家才能在作品中更加坚定地表达源自女性这一特定主体的多重意愿,也才能更加自由地成为自己。

第六章

多元共生时代的身份认同和自我选择

　　进入20世纪以来,法国女性的写作格局因社会文化的变迁和女性自身生存状况的改变而日益呈现出多元化的趋势。与19世纪相比,20世纪法国女性文学的主题不再仅局限于寻求独立、获得与男性平等的社会地位,而是着重表现获得一定独立后的女性在现代社会里寻找身份认同,通过具有个人归属意识和个体化的生活经验显露出不一样的自我。她们通过描写自身的生活经历和独特的身体感受来表达女性的社会体验和自我意识,以独特的视角和艺术手法阐释女性如何获得主体身份认同、怎样成为自己的曲折历程。

　　20世纪的法国女性写作呈现出许多与以往时期不同的特点,她们在作品中倾向于将性别主题与文化主题相结合,以此形成一种以文本为基本形式的对话关系。这种对话关系使写作主体自身的性别身份与主流文化意识形态间的张力得以有效缓解,在具有女性意识的人文观照中完成理论与实践的双重突破。经过一个漫

第六章
多元共生时代的身份认同和自我选择

长的自我成长的历程，20世纪的法国女性写作终于对此前几个世纪所提出的所有问题进行了回应，而且以实际行动宣告了女性在现实中成为自己的可能。

第一节 柯莱特

西多妮·加布里埃尔·柯莱特（Sidonie Gabrille Colette, 1873—1954）是法国在20世纪初期极富传奇性的女作家。她于1873年出身于法国勃艮第的一个平民家庭，宽松的家庭氛围造就了柯莱特坚持独立、热爱自由的个性。年少时在乡村的生活使她练就了敏锐的观察力和对事物细微之处的感知力。1893年，柯莱特与当时大她14岁的作家亨利·戈蒂埃-维拉尔（Henry Gauthier-Villars）成婚，随后前往巴黎定居。长久以来，亨利一直购买无名作家的作品充当自己的作品，当他发现柯莱特有写作天赋后，就强迫柯莱特在他指定的主题下进行创作，然后以自己的名字发表。一经发表即引起轰动的"克罗蒂娜"四部曲——《克罗蒂娜在学校》(Claudine à l'école, 1900)、《克罗蒂娜在巴黎》(Claudine à Paris, 1901)、《克罗蒂娜在婚后》(Claudine en ménage, 1902)和《克罗蒂娜走了》(Claudine s'en va, 1903)就这样诞生了。她的丈夫为了掩盖真相到处宣称，他的妻子柯莱特是所谓的"克罗蒂娜"原型。这个系列作品为她的丈夫带来了财富与名誉，柯莱特却在他的要求下，剪掉长辫子，以短发加学生裙的装扮出入社交场合。此后，柯莱特又陆续完成了几部以"克罗蒂娜"为主要人物的小说，作者署名无一例外都是她的丈夫。当醒悟过来的柯莱特向丈夫索要作品署名权的时候，她遭到了断然拒绝。不仅如此，她的丈夫为了获取更多的钱财供自己挥霍，在没有告知柯莱特的情况下把"克罗蒂娜"后续作品的版权预先卖掉了。在接连遭遇背叛以及丧失人身自由等事件后，柯莱特逐渐意识到自己这段婚姻的实质，她向丈夫提出了离婚，但还是不得不为已经售出版权的作品而埋头写作。

1910年，柯莱特彻底摆脱了这段婚姻。获得自由后的柯莱特一度为谋生做过舞台剧演员，她甚至为了表演效果而在舞台上半裸演出，她也曾无惧时人的批评与自己的同性伴侣一起演出舞台剧，着男装出入各种公共场所，这些惊世骇俗的行为都使她在当时毁誉参半。第一次世界大战（简称"一战"）前后，柯莱特以记者身份留下了许多反映当时社会状况的文字。她在1912年和1935年又经历了两次婚姻，她曾对在第二次婚姻中生下的女儿不闻不问，她又在第三次婚姻中体验到了令她安心的爱情。她无惧任何批评，对于来自外界的所有指责，柯莱特的回应始终是"我不在乎"。无论柯莱特的行为受到怎样的非议，她的创作成就始终都是无法被忽视的。1936年，柯莱特当选为比利时语言文学皇家学院院士。第二次世界大战（简称"二战"）后，柯莱特成为法国著名的公众人物。时尚界人士从她身上获得灵感，文化界人士称赞她为思想先锋，影视界人士则把她的作品搬上银幕。1945年，柯莱特当选为龚古尔文学奖（Le Prix Goncourt）评委会成

第六章
多元共生时代的身份认同和自我选择

员，1949年成为评委会主席，是法国文学史上第一位获此殊荣的女性作家。1953年，柯莱特80岁生日那天，龚古尔文学奖评委会成员专程登门祝贺，《费加罗》出版了柯莱特专号，巴黎市政府授予她金质奖章并向她颁发法国二级荣誉勋位，她的声誉达到顶峰，成为法兰西国宝级作家。1954年去世后，柯莱特获得了国葬待遇。

柯莱特一生留下了大量作品，以小说为主。她的所有作品几乎都来源于自己的生活经历和独特感受，"克罗蒂娜"四部曲是她对自己早年生活的回顾；《流浪女伶》(*La Vagabonde*, 1910)和《歌舞场内幕》(*L'Envers du music hall*, 1913)取材于她最初的谋生经历；《克罗蒂娜的家》(*La Maison de Claudine*, 1922)是在回忆中向母亲致敬；《日之生》(*La Naissance du joure*, 1928)则是她的一段记者经历。

从题材上看，柯莱特的小说可分为乡村生活和城市体验两类，前者包括《葡萄卷须》(*Les vrilles de vigne*, 1908)、《西朵》(*Sido*, 1930)和《启明星》(*L'Étoile Vesper*, 1947)等，以细腻的笔触描绘了田园生活的纯净美好，表达了对故乡与自然的留恋和赞美；后者主要有《宝贝》(*Chéri*, 1920)、《日常遭遇》(*Aventures quotidiennes*, 1924)和《吉吉》(*GiGi*, 1944)等，以都市女性为中心，反映了现代女性的生活体验和情感欲望。在《宝贝》中，她描写年长女性和年轻男子恋爱的情形；在《那些快乐》(*Ces Plaisirs*, 1932)中，她认真地和读者讨论与女性的欲望有关联的各种问题；在《猫》(*La Chatte*, 1933)中，她生动而细致地描写了女性的嫉妒情绪；在《吉吉》中，她又反映了一个刻意被家中培养的年轻交际花的心态和情感变化。《吉吉》因其情节生动活泼而在1949年被拍摄成电影，在1951年又被改编为舞台剧，柯莱特指定初出茅庐的奥黛丽·赫本担任主演，效果卓著。1958年，其《金粉世界》被改编为好莱坞同名音乐电影，获得当年的奥斯卡最佳影片奖。

　　柯莱特的小说主要关注爱情给女性带来的痛苦和快乐，因其对感官描述的细腻生动而引人注目。作为一名作家，她最大的优势是对"她世界"的声音、气味、味道、纹理和颜色能够做到精确的感官唤起。她始终以这种方式表现个人世界的内在变化而回避大的时代主题，不仅在自己的生活中远离任何社会团体和政治运动，在作品中也只展现女性在身体与情感方面的个人体验，表现她们如何通过破除传统两性关系的禁忌来释放情感、满足欲望。柯莱特从没公开谈及"女权""自由"或"独立"等问题，但她却以自己的生活方式对这些问题做出了最好的诠释。也有研究者认为，柯莱特是最早用"身体写作"的方式来直接表达自己态度的作家之一。在作品中，柯莱特通过让女性逃离妻子和母亲的固有角色设定来强化女性主体的自我意识，而传统社会的性别秩序和基础结构也由此遭到了侵蚀。"归根结底，在那些意识到要以多元化的形式反抗性别不平等的当代女权主义者眼中，这些作品呈现出清晰的、具有前瞻性的别样思想，它们对法国文学史的重要意义应该得到肯定。"[1]

第二节 玛格丽特·尤瑟纳尔

玛格丽特·尤瑟纳尔（Marguerite Yourcenar, 1903—1987）是法国作家、翻译家、批评家，还是法兰西学院院士。尤瑟纳尔在文学方面的主要成就是历史小说。她在小说中利用丰富的历史知识和虚实相间的手法探讨了人类文明进程中个人命运与历史的关联、历史的生成及其意义等重要命题，表达了对人类行为的动机及其终极命运的哲理性思考，被视为当代法国历史小说的集大成者。

玛格丽特·尤瑟纳尔本名玛格丽特·德·克莱扬古尔（Marguerite de Crayencour），出身于布鲁塞尔的中产阶级家庭，父亲为法国人，母亲为比利时人。尤瑟纳尔出生十天即丧母，由父亲抚养长大。她从未接受过正规教育，自幼年起便在父亲和家庭教师的指导下博览群书，后来又随父亲在欧洲各国游历，由此积累了大量的历史文化知识，为后来的文学创作奠定了坚实的基础。尤瑟纳尔自青年时代起便立志成为职业作家，在父亲的鼓励和资助下于1921年出版了自己的第一部诗集《幻想的乐园》(*Le Jardin des chimères*)，并将自己姓氏"Crayencour"中的字母重新组合成为"Yourcenar"，正式以玛格丽特·尤瑟纳尔作为自己

---

[1] Rachel Mesch, *The Hysteric's Revenge: French Women Writers at the Fin de Siècle,* Vanderbilt University Press, 2006, p.196.

的笔名。她将自己的诗作寄给了当时的诗坛泰斗泰戈尔，后者在回信中对其作品给予了肯定。1929年父亲去世后，孑然一身的尤瑟纳尔开始了自己的漫游岁月，她辗转寓居于欧洲各国，以翻译和著文为生。由于偏爱古希腊文化，尤瑟纳尔在希腊停留的时间最长，希腊神话也成为其创作中的重要题材。1934年，尤瑟纳尔与美国女子格拉斯·弗里克（Glass Frick）相识，并于1939年"二战"爆发后应格拉斯之邀前往美国暂避战火，未曾料想此去一别欧洲数十载。在美国期间，尤瑟纳尔经历了人生最为困顿的时期，她也曾以翻译和教学为生。为了女友格拉斯，尤瑟纳尔没有在战争结束后立即返回欧洲，而是于1947年加入了美国国籍，同时她并未放弃自己的法国国籍。自1949年起，尤瑟纳尔与格拉斯定居于美国东海岸的荒山岛。空间上的距离并未阻断尤瑟纳尔与故土的精神关联，异国的环境反而使她有了更多反思欧洲文化的契机。尤瑟纳尔一面关注着欧洲的风云变幻，一面坚持用法语进行创作，与法国的文学圈子保持着紧密的联系。她后期的重要作品几乎都是先在美国完成，再寄回法国发表。由于她在作品中以独特的视角对欧洲文化和历史进行具有现代意义的审视，1980年，尤瑟纳尔当选为法兰西学院院士，成为第一位女性"不朽者"。1979年格拉斯去世后，了无牵挂的尤瑟纳尔又开始像自己早年时期一样到处旅行。1986年，尤瑟纳尔同时获得法国三级荣誉勋章和美国艺术家俱乐部的文学奖章。1987年12月18日，就在一段新的旅程即将开始之际，尤瑟纳尔病逝于美国家中。

第六章
多元共生时代的身份认同和自我选择

尤瑟纳尔一生只用法语创作，作品类别包括小说、诗歌、剧本、散文和文论等，主要以小说见长。1929年，尤瑟纳尔发表了第一部小说《亚历克西斯，或者一个徒劳挣扎的故事》(*Alexis, ou le traité du vain combat*)，着重从心理角度表现一个受到家庭束缚无法如愿的艺术家的经历，并在其中初涉同性恋主题。在其他一些早期的小说作品，如《新欧里狄克》(*La nouvelle Eurydice*, 1931)、《一枚经传九人的硬币》(*Denier du rêve*, 1934)、《死神驾辕》(*La mort conduit l'attelage*, 1934)中，尤瑟纳尔逐步表现出对人生命运的探究倾向，表达对世事无常的感慨。中篇小说《一弹解千愁》(*Le coup de grâce*, 1939)以三个贵族青年在十月革命后的经历为主线，展现了处于动荡历史情境中的个体情感与自由意志之间的冲突。短篇小说集《东方奇观》(*Nouvelles orientales*, 1938)取材于东方历史故事和文化典籍，分别以中国、南斯拉夫、阿尔巴尼亚、希腊、印度、日本等国家为背景，以当代视角重写相关的故事传说，体现了尤瑟纳尔对异域文化和哲学思想的看法。

尤瑟纳尔在其他方面的作品主要有：诗集《众神未死》(*Les Dieux ne sont pas morts*, 1922)，散文诗集《火》(*Feux*, 1936)、《阿尔西帕的慈悲》(*Les charités d'Alcippe*, 1956)，戏剧《埃莱克特或面具的丢失》(*Électre ou La chute des masques*, 1954)、《戏剧集》(*Théâtre*, 1971)，文论集《时间，这伟大的雕刻家》(*Le temps, ce grand sculpteur*, 1984)。尤瑟纳尔的译作主要是弗吉尼亚·伍尔夫的《海浪》(*The Waves*, 1937)和亨利·詹姆斯的《梅齐知道什么》

(*What Maisie Knew*, 1947)。

尤瑟纳尔的主要成就为历史小说和家族自传体小说。法国批评家让·勃洛特曾在论及尤瑟纳尔的作品时指出："罗马和文艺复兴是西方历史上的主要时期。正是在那时——至少是部分地——形成了可称之为西方特色的东西，并且埋下了它的罪恶和道德的种子。我们的时代及其悲剧可以在这两个时期里发现它们的起源，而且可以在思考这段往事时推测它们的命运。"① 正因如此，偏好历史研究的尤瑟纳尔把自己关注的目光主要投射在这两个历史时期。尤瑟纳尔的历史小说主要有《哈德良回忆录》(*Mémoires d'Hadrien*, 1951)、《苦炼》(*L'Œuvre au noir*, 1968) 及《像水一样流》(*Comme l'eau qui coule*, 1982)。在这三部小说中，尤瑟纳尔分别以古罗马皇帝、中世纪人文主义者和现代产业工人为描写对象，试图通过这些人物的命运经历构建出整个人类生活的图景。如果说《哈德良回忆录》是尤瑟纳尔对欧洲历史源头的一次回溯，那么《苦炼》则是她对欧洲历史进程的重要时刻所进行的审视。《苦炼》"讲述一个人动荡不安但同时又在思索的生活，这个人彻底抛弃了他所处的时代的观念和成见，目的是看看他的思想随后会将他自由地引向何方"②。主人公泽农生活在 16 世纪的欧洲，是一个

---

① 柳鸣九编选：《尤瑟纳尔研究》，漓江出版社，1987 年，第 564 页。
② [法] 若斯亚娜·萨维诺：《玛格丽特·尤瑟纳尔——创作人生》，段映红译，花城出版社，2004 年，第 376 页。

第六章
多元共生时代的身份认同和自我选择

从小依靠舅父生活的私生子。泽农的人生之路始于钻研神学的修道院，但这个未来的修士却对当时的科学技术、医学知识和天文知识更感兴趣。为了探求真理，泽农一生几乎都在漫游中度过。他周游列国，身兼炼金术士、医生及哲学家等角色，最后成为一个具有独立批判意识的自由主义者。在教会以异端判处泽农火刑的前夕，他凭借精湛的医学技艺，成功地以自杀的方式维护了自己作为人的尊严。泽农这个人物虽然是作者虚构的，但他的形象却是文艺复兴时代众多思想巨人的典型。尤瑟纳尔以泽农60年的人生经历展示了处于转折时期的欧洲社会文化氛围和总体历史情境。按照尤瑟纳尔的虚构，在被假定生于1510年的泽农9岁时达·芬奇离世，而到他33岁时，哥白尼才在发表著作后去世。泽农与当时知名的医生昂布鲁瓦兹·巴雷一起探讨有关人体的奥秘，而艾蒂安·多雷则被假定为他第一本著作的出版商。"泽农这位虚构出来的哲学家，与那个世纪不同时期的真实人物，与在相同地方生活过的、有类似曲折经历的或者为达到同样目的而不懈探索的其他人，有着千丝万缕的联系。"[①] 作品同时以细致入微的手法将泽农的探索轨迹有机地嵌入某些独特的历史时刻，如宗教改革中的新旧教派冲突、欧洲封建领主划分势力范围、资本主义经济对君主制的改造等。不断游走于各个历史旋涡中的泽农也经历了炼金术所必经的途径，他的心智在思想不断熔解和凝固的苦

[①] 柳鸣九编选：《尤瑟纳尔研究》，漓江出版社，1987年，第336页。

炼过程中达到了摆脱思想偏见、认识自己的境界，从而实现了精神解放的目的。《苦炼》在发表的当年荣获了费米娜文学奖（Prix Fémina），1976年由格拉斯翻译成英文出版。这个系列的第三部小说是小长篇《像水一样流》，作品以20世纪的现代社会为背景，表现了欧洲工人阶层的生存状况。尤瑟纳尔以工人的日常生活为描写对象，着力反映他们在现代工业社会中的困顿、挣扎及对生活意义的追寻，揭示现代社会中具有普遍性的生存境遇。从总体上看，这三部小说以不同历史时期的个体命运为思考对象，将个体的命运轨迹与宏大的时空背景相结合，反映了尤瑟纳尔对欧洲历史进程的宏观性思索，以及对于欧洲历史发展的整体性判断。

家族自传小说是尤瑟纳尔作品中另一个重要的类别，其代表作为《世界迷宫》(Le labyrinthe du monde) 三部曲:《虔诚的回忆》(Souvenirs pieux, 1974)、《北方档案》(Archives du Nord, 1977) 和《何谓永恒》(Quoi? L'Éternité, 1988)。在这些具有家族史意义的作品中，尤瑟纳尔围绕着自己的父系和母系家族进行了详尽的谱系追索，并以对欧洲近代文明史的审视态度来描述其发展过程。尤瑟纳尔的父系和母系分属法国和比利时的两大古老家族，她力图在作品中通过对家族史的回溯来寻找欧洲文明史的原点。在《虔诚的回忆》中，尤瑟纳尔将母亲的去世作为追索的起点，由此上溯到14世纪，历数这个古老家族的主要成员在几个世纪中的经历，重点描述了这些家族成员的命运与时代变迁之间的关联。最后，沿着家族谱系的脉络，尤瑟纳尔谈起了母亲早年的经历以及

第六章
多元共生时代的身份认同和自我选择

与父亲的相遇、结婚。结尾处，待产的母亲倦怠地躺在长椅上休息，"她的面庞开始凝结在时间的屏幕上"[1]。一切仿佛又回到了起点，个体的生与死淹没在时间的恒常性中。尤瑟纳尔在《北方档案》中主要致力于追溯父亲的家世。自16世纪开始，着重叙述祖父在1848年前后的活动以及父亲在19世纪末到20世纪初的经历，由此将家族命运与一系列社会变革进行对照，突出了个体生命轨迹与历史大背景的关联，力求把握决定个体命运与历史发展的永恒性规律。《何谓永恒》是一部未完成的作品，尤瑟纳尔在其中以片段的形式追忆了父亲的一些往事，同时以亲历者的视角叙述了战争（"一战"）对人们的影响，并对其文化原因给予剖析。尤瑟纳尔认为，梳理家族历史不仅仅是为了认清个体的来龙去脉，更是为了发现具有个体意义的问题，从而更好地在个体存在的偶然性中体味历史的永恒性。在尤瑟纳尔看来，"回忆并不是汇编已经整理好的资料，资料存储在我们自身的什么地方，也无从知道；回忆在进行着，也在变化着；回忆是把干柴收集在一起，再次将火焰烧得更旺。一本回忆录，应该在某个地方阐明这个显而易见的道理。问题就在这里"[2]。不同于法国以往的历史小说，尤瑟纳尔的作品中呈现出兼具古典主义与浪漫主义的风格。她善于通过

---

[1] ［法］尤瑟纳尔：《虔诚的回忆》，王晓峰译，东方出版社，2002年，第300页。

[2] ［法］尤瑟纳尔：《何谓永恒》，苏启运译，东方出版社，2002年，第223页。

不同的历史题材深入探讨人类的总体境遇，在历史与现实的交错变幻中完成对"人"的解读。

尤瑟纳尔的传记作者认为，"19世纪渐渐远去，但人们尚未看见20世纪对'解放'的狂热追求，这种追求后来往往使20世纪显得滑稽可笑——这种'解放'之于自由，犹如游泳池之于海洋。在这些年里，玛格丽特·尤瑟纳尔坚定地选择了独立。她将继续这样走下去，没有声张，没有炫耀。但从未偏离过自己的意愿，永远努力做到最正确地估量自己的空间和能力的界限"[1]。尤瑟纳尔的重要性即在于，她以自己的亲身经历为女性的"独立"和"自由"做出最好的诠释。作为法兰西学院成立以来几百年间唯一的女院士，尤瑟纳尔已经成为她自己。

第三节　西蒙娜·德·波伏瓦

西蒙娜·德·波伏瓦（Simone de Beauvoir, 1908—1986）是作家、批评家和哲学家，以及西方现代女权主义理论的主要奠基者。波伏瓦一生著述颇丰，她不仅通过不同形式的文学作品表达了自己的存在主义哲学思想，对传统的思想和习俗提出疑问，而且身体力行地参加各种社会活动，如反对极权暴力、反对殖民统治、要求政治自由、号召女性解放等，以此实现她和萨特所倡导

---

[1] [法] 若斯亚娜·萨维诺：《玛格丽特·尤瑟纳尔——创作人生》，段映红译，花城出版社，2004年，第81页。

第六章
多元共生时代的身份认同和自我选择

的文学对现实生活和政治的"介入",其作品及思想具有广泛的影响力。

波伏瓦出身于巴黎一个破落的资产阶级家庭。幼年时期早慧,母亲对其寄予了厚望。在成长的道路上,资产阶级家庭的道德规范和社会上层出不穷的新思想同时作用于波伏瓦的精神世界,使她很早便形成了自主的反抗意识。1925年,波伏瓦考入巴黎索邦大学,同时攻读文学、数学和哲学三个学位,并初步参与了一些社会活动。1929年6月,她与萨特以同样优异的成绩通过了教师资格考试。此后,她与萨特成为一对新型伴侣关系的实践者,而两人之间契约式的情感模式也成为她思索两性关系的起点。从1931年至1943年,西蒙娜·德·波伏瓦陆续在一些中学担任哲学教师,同时坚持写作,她标新立异的教学方式和特立独行的言行举止常使其陷入非议。"二战"期间,她与萨特一起参加了反抗德国占领的抵抗运动。1943年《女宾》(*L'Invitee*)出版后,西蒙娜·德·波伏瓦开始了其职业作家的生涯,尝试以多种表达形式阐释自己的思想。1945年,她与萨特、梅洛·庞蒂(Merleau-Ponty)、雷蒙·阿隆(Raymond Aron)等人一起创办了《现代》杂志,试图以此建立一种新的思想体系,以消除战后知识界普遍存在的消极、恐惧和厌恶情绪。20世纪40年代中叶,西蒙娜·德·波伏瓦与萨特和加缪一起推动了存在主义哲学的发展。1949年,《第二性》(*Le Deuxième Sexe*)的出版使她成为现代西方女权运动的理论先锋。自此以后,她越来越多参与到社会公共事务中，如支持阿尔及利亚的独立运动、支持"五月风暴"运动、抗议政府限制言论自由、关注女性解放及老年人的境遇等。晚年的西蒙娜·德·波伏瓦致力于整理萨特的作品和撰写回忆录，1986年4月4日病逝于巴黎寓所。

对于西蒙娜·德·波伏瓦来说，写作既是一种生活方式，也是一种存在形式，而文学必须通过介入政治与社会生活来表达思想，"为艺术而艺术"是不现实的。她通过文学作品表现流动的时代精神，反映同时代人的思想和面临的种种问题。她的第一部较有影响的小说是《女宾》，作品以她和萨特的真实生活经历为蓝本，讲述了一对情人的情感实验过程。弗朗索瓦兹和皮埃尔收养了少女格扎维埃尔，承担监护责任，对其生活和学业进行指导，格扎维埃尔由此成为他们的"女宾"。年轻的格扎维埃尔拒绝循规蹈矩，只想随心所欲过自由的生活。眼见皮埃尔对格扎维埃尔的同情和关怀渐渐演变成了爱恋，为了求得内部关系的平衡，他们开始尝试一种特殊的"三重奏"生活模式。最后，由妒意发展为恨意的弗朗索瓦兹杀死了女宾格扎维埃尔。作品对人物心理给予了深入细致的描摹和分析，通过对"三重奏"人际关系的描写表现了个体充满矛盾的内在世界，阐释了"自我"与"他者"的关系以及主体意识在自我选择过程中所发挥的作用。

1945年，西蒙娜·德·波伏瓦完成了小说《他人的血》(*Le sang des autres*)和剧本《白吃饭的嘴巴》(*Les Bouches inutiles*)。在《他人的血》中，西蒙娜·德·波伏瓦探讨了人的自由选择、

第六章
多元共生时代的身份认同和自我选择

行动结果及其连带责任的思想主题。男主人公在战前曾因朋友的遭遇而对政治心灰意冷，退出法国共产党。女主人公在战前曾是无政府主义者，不关心任何社会事务。战争来临后，男主人公加入抵抗运动，义无反顾投身于反法西斯斗争。女主人公曾试图逃出巴黎，但在正义的召唤下也参加了抵抗运动，并在执行任务时牺牲。她认为，在特定情境下，主人公选择了自己的人生道路，承担起自己的责任，同时也实现了自己的人生意义。作品深化了这一时期对存在主义思想的理解。《白吃饭的嘴巴》对法西斯残杀无辜者的卑劣行径给予了无情的控诉，作品上演后获得好评。

战后，西蒙娜·德·波伏瓦发表了小说《人总有一死》(*Tous les hommes sont mortels*, 1946)，作品试图以一种存在主义的历史观来重新审视人类的发展历程。作品主人公福斯卡是一个浮士德式的人物，他求得了永生的本领，穿越若干世纪，在世界各国游历。他见证了欧洲的社会变迁，目睹了国家、民族与个人的种种灾难。西蒙娜·德·波伏瓦以福斯卡的视角揭示出，尽管历史在向前延续，但是所有的历史都是人类自身现实的不断重复，人类的存在因为死亡的不可避免而注定是虚无的，但存在意义却可以通过瞬间的自由选择来显现，正是在每一次的自由选择中，人类体现了主体的自由意志，实现了自身的存在价值。此前，萨特刚刚发表了阐释存在主义思想的论文《存在主义是一种人道主义》("Existentialism is a Humanism")，他认为，人应该在既存事实面前思考"是否愿意继续存在"以及"在何种条件下存在"这样的问题，根据自己的处境做出判断并进行选择，在做出选择的同时选定自身的责任，从而确定自己是怎样的人，人的存在意义即在于此。《人总有一死》这部小说可以看作对萨特论点的形象化诠释。

发表于 1954 年的《名士风流》(*Les Mandarins*)是西蒙娜·德·波伏瓦最重要的一部小说。作品反映了"二战"结束后法国的社会现实和知识分子的精神危机以及思想探索，在生活的广度和心理描写的深度上都异常出色，因而被认为是"二战"后法国最具时代气息的小说。作品描写战后法国的左派知识分子满怀对未来的希望开始了对新生活的筹划，然而他们所要面对的却是冰冷残酷的现实——破败不堪的城市、极度匮乏的物质、自卑颓丧的国民。但战争的阴云还未完全散去，新的铁幕又把世界分割成了两个敌对阵营。面对这样的世界，他们不知何去何从。参加过反抗纳粹德国斗争的知名作家、社会活动家罗贝尔与友人亨利是进步知识分子中的佼佼者，他们在战后致力于组织一个独立的左派组织，终因来自"左""右"两种政治力量的挤压而宣告失败。罗贝尔的妻子安娜虽然是一个心理医生，但面对众多遭受战争创伤的人常感到无能为力。女儿纳迪娜在战争中痛失爱人，战后放浪形骸，安娜痛苦万分却爱莫能助。"他们将如何对待这如此沉重、如此短暂的过去，如何面对残缺的未来？……即使我能成功，使他们淡忘自己的过去，可我能向他们展现怎样的未来？我能消除恐惧、打消梦想、克制欲望、想方设法适应一切，可我能让我

第六章
多元共生时代的身份认同和自我选择

们适应什么样的景况呢？我发现在我的周围，再也没有任何可以依凭的东西了。"① 失意的安娜沉醉于美国情人刘易斯的情感旋涡中，甚至一度想要放弃生命。每个想要有所作为的人都在步入新时代的门口处彷徨着。经过诸多波折，他们又从失落中振作起来，重拾信心，准备朝自己的理想再次进发。这些进步知识分子的困顿和迷茫，反映了"二战"后法国乃至整个欧洲的复杂社会现实。在国际上，曾经"乐于助人"的美国已经显现出控制欧洲的真面目，为了自己的局部利益甚至不惜扶植法西斯独裁政府。在法国国内，戴高乐派与法国共产党势同水火，而所有的一切在政治利益面前都不过是工具，人的信仰和道德操守往往沦为政治力量角逐的赌注。西蒙娜·德·波伏瓦在作品中深刻地揭示了进步知识分子的政治理想与社会现实之间的矛盾。想要摆脱"左""右"两种势力的控制，在完全独立的前提下实现自己的政治理想是不切实际的，也是注定要遭受失败的。而失败后的重整待发则显示出进步知识分子在第二次自我抉择中的主体意志，也体现出自己的存在意义，是对存在主义价值观的现实阐释。作品带有一定程度的自传形式，许多人物都可以找到原型，如罗贝尔和亨利身上有萨特和加缪的影子，安娜身上则有西蒙娜·德·波伏瓦自己的印记。作品由于具有独特的时代风貌和思想深度获得了当年的龚古

---

① ［法］西蒙娜·德·波伏瓦：《名士风流》，许钧译，中国书籍出版社，2000年，第34页。

尔文学奖，这也是对西蒙娜·德·波伏瓦文学成就的肯定。

西蒙娜·德·波伏瓦还写有许多论著，如阐述存在主义思想的《庇吕斯与西奈阿斯》(*Pyrrhus et Cinéas*, 1944)、《模棱两可的伦理学》(*Pour une morale de l'ambiguïté*, 1947)，倡导女性解放的《第二性》，赞扬中国革命的《长征》(*La Longue Marche*, 1957)，探讨社会问题的《事物的力量》(*La Force des choses*, 1963)、《老年》(*La Vieillesse*, 1970)等。另有一些回忆录，如《一位良家少女的回忆录》(*Mémoires d'une jeune fille rangée*, 1958)、《年富力强》(*La Force de l'âge*, 1960)、《了解一切》(*Tout compte fait*, 1972)、《告别的仪式》(*La Cérémonie des adieux suivi de Entretiens avec Jean-Paul Sartre, août-septembre*, 1974、1981)等。在这些回忆录中，西蒙娜·德·波伏瓦讲述了她自童年时代起的经历，不仅记录了自己的成长过程，也真实再现了一代法国知识分子的心路历程，有很重要的历史文献价值。

传记作者克洛德·弗兰西斯（Claude Francis）和弗尔朗德·贡蒂埃（Fernande Gontier）认为，"西蒙娜·德·波伏瓦在自己的一生中，超越了阶级、宗教、种族、性别、民族等观念，终于成为最关心不同文化的作家之一……她通过文学触及了无数读者的心灵，并使他们相互了解，开阔了眼界"[①]。西蒙娜·德·波

[①] [法]克洛德·弗兰西斯、弗尔朗德·贡蒂埃：《西蒙娜·德·波伏瓦传》，全小虎等译，中国社会科学出版社，1990年，第353页。

伏瓦的意义在于，她不仅成为她自己，而且她用自己的文字去启迪女性怎样才能成为自己。

第四节 西蒙娜·薇依

西蒙娜·薇依（Simone Weil, 1909—1943）是20世纪法国女性知识分子的代表性人物之一。她于1909年出身于巴黎一个富裕的犹太家庭，父母给予她较好的生活条件和完善的教育。从1925年10月开始，西蒙娜·薇依在亨利四世莱齐学院学习，她的老师是以笔名阿兰（Alain）为人所知的哲学家埃米尔-奥古斯特·沙尔捷（Émile-Auguste Chartier, 1868—1951）。他在课堂上强化了西方思想史的发展脉络，将一种具有批判性的理论意识传达给学生。1928年，西蒙娜·薇依进入巴黎高等师范学校（École normale supérieure）学习，她是班上唯一的女学生。1931年，她撰写了关于笛卡尔论知识和感知的毕业论文，并以此获得了学位证书。此后几年中，西蒙娜·薇依在几所女子学校讲授哲学。在这段时间里，除正常的工作外，她在业余时间向工人们讲授哲学，有时还为他们代笔。20世纪30年代，西蒙娜·薇依曾与《无产阶级革命》杂志合作过一段时间，她在上面发表了很多有关工人阶层现实处境的文章。1932年8月初，为了更好地了解纳粹思想的社会成因，西蒙娜·薇依前往德国。她在德国考察了工人的生存状况，认为德国工会虽有可能成为革命力量，但并没有明确的方向，无法推动真正的革命。回到法国后，西蒙娜·薇依为了更好地了解工人的实际状况，去雷诺（Renault）汽车制造厂工作了一段时间。她认为，在现代化工厂里，工人因过度疲劳而更加顺从，这将使工人陷入更可悲的境地。1936年7月，西班牙内战爆发后，西蒙娜·薇依取得了记者资格证书，并且加入了一个无政府主义者的组织前往战争前线，她想了解最直接的情况以便对战争的根本性质做判断，后来因意外受伤而不得不返回法国。1940年，西蒙娜·薇依前往马赛躲避战乱。在马赛生活期间，她进一步了解了基督教的一些思想，与此前形成的关于社会秩序及公平、正义的观点形成了对照。1942年，西蒙娜·薇依经由摩洛哥前往美国，随后她加入了自由法兰西组织，并因其委派的一项任务前往英国。她一边写作一边关注着来自法国的消息，尽管自己的健康状况已经极度恶化，但她依然坚持按照法国被占领土上的同胞能得到的最低限度的配给物资维持生活，这加重了她的病情。1943年8月24日，西蒙娜·薇依死于极度疲劳与严重营养不良。

西蒙娜·薇依的很多作品是在她生前留下的笔记的基础上校勘出版的。她的作品既体现了她自己对相关社会问题的思考轨迹，又体现了当时社会思想运动的发展轨迹。西蒙娜·薇依一生致力于探索实现社会公平正义的道德途径，她从哲学出发，经由社会学和神学，最终形成了自己独特的道德理想主义观点，在她的作品中，我们也能看到对个人与国家和上帝的关系的相关阐释，对现代工业社会的普遍精神状况的分析，以及对极权主义所造成的恐怖后果的担忧。

第六章
多元共生时代的身份认同和自我选择

在生前出版的《关于自由和社会压迫原因的思考》(*Réflexions sur les causes de la liberté et de l'oppression sociale*, 1934)一书中，西蒙娜·薇依对自己早期的思想进行了总结，并对自己的作品主题中的核心要素的发展趋势进行了预测。这部作品对社会阶层结构中的被压迫者给予了极大关注和深切同情，在反思自己的知识分子立场的同时，对知识分子应该如何以实际行动介入社会生活提出了自己的看法。她没有把解决问题的希望完全放在个人思考上，而是反复强调要将相关哲学理论与生活实践相结合，去除哲学理论在实际应用中惯用的一些抽象而空洞的术语，要采用切合实际的表述方式来使理论真正进入生活。这些观点与她独特的哲学实践相互应和，对法国当代思想界产生了很大影响。

在发表于1939年的《伊利亚特或力量之诗》(*L'Iliade ou le poème de la force*)中，西蒙娜·薇依通过分析《伊利亚特》表达了自己对人与"力量"之间关系的看法。她阐述了《伊利亚特》中那些关键人物与情节走向的真正意义，认为在战争中没有真正的胜利者，而"力量"这个人类自以为受自己操控的决定性因素，其实是整个事件中真正的主体。是力量在驱使人，促成人实施某些行为，而一旦"力量"真正施加了作用，事件中的胜利者和失败者就都丧失了主体性。所以，"真正的英雄，真正的主体，伊利亚特的中心，是力量"。西蒙娜·薇依认为，在《伊利亚特》中，人与力量的关系处于不断变化的态势中，人自以为拥有力量，其实是被力量所牵制和蒙蔽。与此同时，力量把人变成了屈从于它的物。当力量彻底发挥作用时，人就成了纯粹的物。因为，力量把人变成了一具尸体，而原本作为主体存在的人，却在那一瞬间消失不见了。《纽约书评》曾认为这部作品是西蒙娜·薇依最出色的作品之一。

在西蒙娜·薇依去世前完成的《扎根：人类责任宣言绪论》（*L'Enracinement: Prélude à une déclaration des devoirs envers l'être humain*, 1943）中，她延续了一贯的思考习惯，一边总结分析法国曾经存在的问题，一边为法国战后的社会发展提出规划。西蒙娜·薇依认为，法国军队在战争中被德国军队击溃的主要原因是战前的精神和道德环境的恶化，只有认识到这一问题，并且积极地面对这些问题，法国才能在战后重建秩序，法国终将以自己的胜利从现实层面上走出这一困境。这是她对自己所持有的"知识分子介入社会"观点的最好诠释。

第五节　女性主义的"三驾马车"

当 20 世纪 60 年代女权运动再度兴起时，法国女性作家在创作中的关注点已不再仅仅局限于为女性争取权益，"女权主义者们大体上认同这样一个事实，尽管女性可以因种族、阶层、年龄、性取向等多种因素区分彼此，性别身份却已经使她们成为一个共同体，并将她们置于父权制文化中的从属地位"[①]。她们更加

[①] Diana Holmes, *French Women's Writing, 1848–1994*, IV, The Athlone Press, 1996, p. xiii.

第六章
多元共生时代的身份认同和自我选择

注重男女两性在社会角色方面的差异性及其成因，进而对形成这种差异的话语机制提出疑问。在这方面，露西·伊利格瑞（Luce Irigaray, 1930— ）、埃莱娜·西苏（Hélene Cixous, 1937— ）与朱丽亚·克里斯蒂娃（Julia Kristeva, 1941— ）被评论界称为法国当代女性主义理论界的三驾马车。

露西·伊利格瑞是当代法国的女权主义者、哲学家、语言学家、心理语言学家、精神分析学家和文化理论家，她系统而又富有创见性地研究了与女性相关的语言使用和误用，试图以此作为重新建构合理的两性关系的基础。

伊利格瑞于 1930 年出生于比利时，1950 年进入鲁汶大学（Université Catholique de Louvain）学习，1956 年获得硕士学位。此后几年在布鲁塞尔的一所高中任教。1960 年，她进入巴黎大学攻读心理学硕士学位。1968 年，她获得了巴黎南泰尔大学（Université Paris Ouest Nanterre La Défense）的语言学博士学位，她的论文题目是《痴呆症语言的心理语言学研究方法》（"Approche psycholinguistique du langage des déments"）。论文修改后以《疯子的语言》（*Le langage des déments*）为名，于 1973 年出版。

自 20 世纪 60 年代起，伊利格瑞开始参加拉康的精神分析研讨会，并加入了由拉康领导的巴黎弗洛伊德学院（École Freudienne de Paris）。1974 年，她发表了论著《他者女人的窥镜》（*Speculum de l'autre femme*）。她指出，西方哲学—精神分析学传统中有一个阳具中心主义的视角，从弗洛伊德向上追溯，黑格尔、柏拉图、亚里士多德、笛卡尔和康德的相关文本都证明了这一点。在深度剖析这些文本的语言表述形式之后，伊利格瑞认为，在这种具有高度"同一性"的思维传统下，男性被设置为主体，女性成了逻辑上和语言上的必然性"他者"。女性想要获得独立的主体身份就必然要从破除这种存在已久的思维惯性开始。因为她在论著中表现出了批判拉康的精神分析理论的姿态，后来被以拉康为中心的学术圈排斥。

1977年，伊利格瑞出版了论文集《此性非一》(Ce sexe qui n'en est pas un)。这部作品可以看作对《他者女人的窥镜》中相关论点的延续性思考。伊利格瑞借鉴了结构主义的理论框架，对从男性视角出发、以男性审美观为唯一评判准则的传统价值体系进行了解构。她主张建立由女性性别身份、性别意识和表述方式构成的女性专属表达体系，采用以母女关系为基础的"女性谱系"来瓦解传统社会中的父权制关系，这种看法反映了以女性身体经验和内在感性特征为基础，构建女性话语空间的可能。

20世纪90年代以来，伊利格瑞越来越多地转向对性别差异的研究。在其代表作《性差异的伦理学》(Éthique de la différence sexuelle)中，伊利格瑞提出了最具标志性意义的"性别差异"论。在伊利格瑞看来，西方哲学和精神分析理论中所谓的无性主体或"自我"的概念是从男性视角出发来界定的，在这种立场下，女性就成为固定话语模式中的非主体或他者。伊利格瑞认为，如

第六章
多元共生时代的身份认同和自我选择

果从这个维度上看,西方文化中是没有真正的异性恋的,因为这种文化语境中只有一个主体——男性,因而无法形成一种在两个主体之间进行精神交流的局面。她认为,如果能够意识到这一点就要建构一种对两种性别都公平的文化和伦理结构。首先要认识到一直主导西方话语的男性视角是怎样持续发挥作用的,其次要从这种逻辑体系中寻找到构建女性主体的可能性,最后要以主体的差异性为前提构建起新的法律、道德和社会机制,以使两个不同性别的主体都能够得到公平发展。正如伊利格瑞在《性差异的伦理学》的开篇借海德格尔的名言所表示的那样,每个时代都有一个必须想清楚的议题,且仅有一个。在伊利格瑞看来,性差异显然是我们这个时代最主要的哲学议题之一,它值得我们所有人深思。

埃莱娜·西苏于1937年出身于法属阿尔及利亚的一个犹太人家庭。西苏在阿尔及利亚长大,她的第一语言是德语。西苏认为,早年在阿尔及利亚这个殖民地的所见所闻给予她对强权的强烈反感,这也是她进行写作的驱动力之一。西苏在1955年前往法国本土接受高等教育。彼时的法国正处于战后社会思想混乱、社会秩序亟待重建的时期,西苏看到的一些社会问题成为她后来的研究方向。20世纪60年代初,西苏前往美国为自己的博士论文准备资料,她当时的研究对象是詹姆斯·乔伊斯。在此期间,她结识了拉康,后者与她一同探讨乔伊斯的文学作品。此后,她又结识了德里达、福柯和德勒兹等人。1967年,西苏成为南泰尔大学教授，同年出版了短篇集《上帝的名字》(*Le Prénom de Dieu*)。1968 年是西苏最为忙碌的一年，她出版了自己的博士论文《詹姆斯·乔伊斯的流放，或流离失所的艺术》(*L'Exil de James Joyce ou l'art du remplacement*)，与热拉尔·热奈特（Gérard Genette）和茨维坦·托多洛夫（Tzvetan Todorov）一起创办了《诗学》期刊，还应当时的法国教育部部长埃德加·富尔（Edgar Faure）所托，组建了一所新大学——巴黎第八大学，也称万塞讷-圣但尼大学（Université Vincennes à Saint-Denis）。西苏获得了这所新大学的英国文学教席，她将社会团体"妇女解放运动"（MLF）引入这所新大学，并于 1974 年在此成立了妇女研究中心，设立了"女性研究"专业的学位。这一系列举措使得新成立的巴黎第八大学在女性研究方面成为整个欧洲乃至全世界的前沿阵地。此后，西苏一直致力于以后结构主义和精神分析学的视角来进行女性研究，成果丰硕。

西苏非常重视写作活动，她将写作视为获得自由的一种方式，认为其价值与生命同等重要。她本人的作品形式也非常丰富，有诗歌、散文、戏剧和论著等。20 世纪 60 年代以来，西苏的主要作品有小说《内里》(*Dedans*, 1969，荣获当年的"美第奇奖"）、散文集《无人之名》(*Prénoms de personne*, 1974)、《新生的女青年》(*La Jeune Née*, 1975)、《美杜莎的笑声》(*Le Rire de la Méduse*, 1975)、《谈谈写作》(*La Venue à l'écriture*, 1977)、《从无意识的场景到历史的场景》(*De la scène de l'inconscient à la scène*

第六章
多元共生时代的身份认同和自我选择

de l'histoire, 1986), 她还与德里达合作撰写了论著《面纱》(*Veils*, 2001), 德里达给予了西苏极高的评价。

从 20 世纪 70 年代开始,西苏着手研究语言与性别身份的关系,用后结构主义的理论框架介入性别研究,试图从中找到新的路径。她特别提出了"女性写作"(écriture féminine)的概念,认为这是女性颠覆父权制文化结构的重要手段。在《美杜莎的笑声》中,西苏提出,女性必须通过写作来开创一种反叛式的语言表达形式,以此来突破男性的压制,达到最终的解放。西苏认为,通过写作这一行为,女性不但能解除将其性别特征与本质相关联的抑制性关系,还可以通过这种富有创造性的工作释放原本具有的生命能量。在这个过程中,女性将突破原有的封锁,解放自己的身体及其与之相关的一切能力。从这个意义上看,写作意味着女性对一种固有结构的挣脱与超越,在这个固有结构中,女性始终被置于"有罪"的位置:"事事有罪,处处有罪:因为有欲望和没有欲望而负罪;因为太冷淡和太'热烈'而负罪;因为既不冷淡又不'热烈'而负罪;因为太过分的母性和不足够的母性而负罪;因为生孩子和不生孩子而负罪;因为抚养孩子和不抚养孩子而负罪……"在西苏看来,写作之于女性的意义还在于解放被束缚和压抑的身体,女性可以书写自己身体的真实样貌,包括躯体的形态、躯体上的各种感官反应,进而是由肉身包裹着的真实的灵魂。这些在从前都是被书写的对象,女性的身体在成为被书写的对象的同时成为禁锢女性的牢笼。女性在写作中将会实现从身体到心灵的彻底解放。西苏从理论层面阐释了"身体写作"的合理性和必要性，进而呼吁女性通过写作来解构男女两性的二元对立秩序，实现人类关系史上的新突破。为此，"女性应该以使其作品主题及思想观念成为文化的一部分为创作目标，而不是仅作为欲望、恐惧和幻想的多重对象被男性描写"[1]。所以，女性的创作过程常常也是寻找自我身份认同、进行自我选择的过程。

在西苏的女性写作思想中，女性写作行为被赋予了特殊的意义。虽然有评论家认为，西苏的女性写作理论更近似于一种乌托邦式的理想，但不可否认的是，西苏继承并发展了此前几个世纪以来法国女性写作的传统，并赋予其更具学理意义的严肃价值，这种观点本身即对以男性为主体的主流文化形式和话语模式进行了解构，极具现实意义。

朱丽亚·克里斯蒂娃是法国现代精神分析学、语言学和女权主义批评的代表性人物。她于1941年出生于保加利亚，20世纪60年代移居法国。凭借自己已有的在语言学、哲学和社会学等方面的知识积累，克里斯蒂娃及其理论创见获得了学界的极大关注。她积极投身于60年代的社会运动和女权主义运动，以符号学和精神分析学为基础，建构起自己的理论体系。她于1967年与菲利普·索莱尔斯（Phillipe Sollers, 1936—2023）结婚，后者是位先锋

---

[1] Edited by Abigail Gregory, Ursula Tidd, *Women in Contemporary France*, Berg Editorial Offices, 2000, p.138.

第六章
多元共生时代的身份认同和自我选择

作家及文学评论家，于 1960 年创办了前卫文学杂志 *Tel Quel*（意为"原样"或"如此"），聚合了一大批在当时有较大争议的作家和哲学家。婚后，克里斯蒂娃与索莱尔斯共同把这个刊物打造成法国先锋思想的高地，在当代法国思想史上有极其重要的意义。1974 年，克里斯蒂娃出版了自己的博士论文《诗歌语言的革命》（*La Révolution du langage poétique*），这既是其符号学研究的标志性成果，也是其研究重点从符号学向女性主义转变的标志。1974 年，克里斯蒂娃曾随 *Tel Quel* 学术团体访问中国，她认为此次经历为她的研究视野增添了新的元素。她在 1975 年出版了《中国女性》（*Des Chinoises*），这标志着她开始走向女性主义批评和精神分析领域。此后，成为母亲使克里斯蒂娃开始关注女性身份的转换问题，以及这种转变在性别与其社会性之间的关系方面的影响等，开始着重以精神分析和解构主义理论介入女性主义研究。她开始从文学、艺术、历史等多方面探讨女性的存在本质及其感情、欲望、身份、主体性等问题。

克里斯蒂娃在研究中致力于将语言学、符号学和后结构主义、精神分析学等几方面的理论融合在一起，兼及自己的跨文化视野，开辟出与拉康、福柯、索绪尔（Saussure）和西蒙娜·德·波伏瓦等其他理论家不一样的路径。克里斯蒂娃的相关理论有两个核心概念，一个是"符义分析"（sémanalyse），是她在《符号学：符义分析研究》（*Semeiotikê. Recherches pour une sémanalyse*, 1969）中提出的，主要是将索绪尔的符号学和弗洛伊德的精神分析学相结合，找出语言中代表无意识部分的异质性元素，将其引入符号学的理论框架中进行分析，这样能得出与以往传统研究不一样的结论。另一个是"互文性"（inter-textualité），是她在1968年的论文《文本的结构化问题》（"Problèmes de la structuration du texte"）中首次提到的，后来她在1974年出版的专著《诗性语言的革命》（Revolution in Poetic Language）中又进行了补充说明。"互文性"是一种将共时与历时相结合来考察小说文本的生成模式的方法，用这种方法分析19世纪浪漫派的诗作就会发现，在这些作品中包含很多无意识的要素，而这些代表了特定时代的因素在作家精神世界中留下的印记，是作家创作的真正驱动力，这种要素的大量出现宣告了诗歌语言的根本性变革。

虽然克里斯蒂娃被视为法国女权主义的代表性人物，但她并不完全认同这种看法。她在《灵魂的新疾》（Les Nouvelles Maladies de l'Âme, 1993）中对几种不同的女权主义理论进行了一定的分析，认为仅仅依靠剖析语言的结构来找到其隐藏的意义是不足以解决问题的，更应该通过特定历史情境和个体的心理及性别经验来看待具体的语义指向。这种后结构主义的方法能够使特定的社会群体，比如女性，将其受压迫的根源追溯到使用的语言，进而找到问题的原点。

克里斯蒂娃以《女天才》（Le génie féminin）为名撰写了三部知识女性的传记，分别是《汉娜·阿伦特》（Hannah Arendt, 1999）、《梅兰妮·克莱因》（Melanie Klein, 2000）和《柯莱特》

(*Colette*, 2002)。克里斯蒂娃在这些作品中指出，女性在感官领域的敏锐性是极具创造性的，这种独特之处能够破除当代社会因虚无主义盛行而带来的意义消解。她认为，那些拥有非凡天性的女性，如汉娜·阿伦特、梅兰妮·克莱因和柯莱特等，能够通过自己的创作让所有女性意识到，所有看似平凡的个体都有自己的非凡之处。而那些被淹没在日常生活中的女性很可能就是有待被发现的天才女性。这样的女性，尤其是身为母亲的女性，对人类的贡献是最大的。因为母亲通过自己的生产活动一直在创造新的人类，在这个过程中，母亲是最具个性的创造者，她们通过自己的身体一直在重塑人类。据此，克里斯蒂娃坚持认为，母亲这一角色的存在是人类最终陷入停滞不前这一困境的最后屏障。

克里斯蒂娃认为，女性创作的意义正在于可以通过其作品文本揭示出特定社会文化语言对女性意识形态的作用，进而研究女性意识形态的构成要素。这些产生于不同阶段的理论在文学观念和形态上与女性作家的创作实践形成了一定的呼应和互动关联。女性作家在创作中展现出更加开阔的视野，以各种不同的方式反映了性别主题与文化主题在不同语言形式下所具有的特殊意义，这是女性写作的独特之处，也是女性摆脱固有语言形式、走向自由的必经之路。

第六节 20世纪的其他女作家

娜塔莉·萨洛特（Nathalie Sarraute, 1900—1999）是"新小说

派"的代表作家、主要理论家和战后文学的代表作家。她于1900年出身于俄国一个犹太知识分子家庭，父亲是化学家，母亲是作家。他的父亲因亲属参加革命活动而被沙皇政府驱逐。在父母离异后，她随父亲经日内瓦辗转移居巴黎。她自幼博览群书、热爱文学，从小就表现出很高的语言天分，可以流利地说俄语、法语和德语。萨洛特曾就读于巴黎索邦大学，取得了英语文学学士学位。后来又到牛津大学学历史，到德国进修文学。1925年，她与律师雷蒙德·萨洛特（Raymond Sarraute）结婚。自1932年起，她着手进行创作。不久即完成了她的第一部短篇小说集《向性》(*Tropismes*)，但"二战"的爆发使得作品没有受到过多关注。1939年，萨洛特化名逃往乡下躲避战祸。1940年，德国占领下的维希政权颁布了具有"反犹"性质的法律，萨洛特被她此前注册过的律师团除名。后来她在从事抵抗运动的丈夫的帮助下隐姓埋名，熬过了战争期间的艰难时刻。

"二战"后，萨洛特在从事创作的同时积极参加各种社会活动，为法国女性争取权益，呼吁给予女性投票权。1946年，萨洛特完成了《一个陌生人的画像》(*Portrait d'un Inconnu*)，作品于两年后出版。萨特为这部小说写了序，由此宣告了一种新型小说的诞生。20世纪50年代起，萨洛特开始专注于小说理论研究和小说创作。在1955年左右，她因创作理念方面的相似性而与米歇尔·布托（Michel Butor）、阿兰·罗布-格里耶（Alain Robbe-Grillet）、克洛德·西蒙（Claude Simon）等人共同形成

第六章
多元共生时代的身份认同和自我选择

了"新小说派"。她于 1956 年发表了论文集《怀疑的时代》(*L'ère du soupçon*),她认为,时代的怀疑精神是小说家不得不尽他"最高的责任"——不断发现新的领域,并防止他犯下"最严重的错误"——重复前人已发现的东西。这部作品后来被视为"新小说派"的理论纲领。萨洛特认为,现代小说与传统小说最大的不同之处在于其以揭示人物内心的隐秘世界为主旨,为此,作者应抛开形式化的文本细节,极力简化作品语言以表现抽象的感觉,这也是"新小说派"的创作理念。

1953 年,萨洛特发表了第二部作品《马尔特洛》(*Martereau*),这部作品被认为是"新小说派"的正式发端。萨洛特的主要作品还有《天象仪》(*Le Planetarium*, 1959)、《金果》(*Les Fruits d'or*, 1963)、《生死之间》(*Entre la vie et la mort*, 1968)等。这些作品都体现了她在探索小说表现形式方面的努力。在这些作品中,传统小说中占统治地位的人物和情节已经不再是主要表现的对象,取而代之的是模糊的人物和被淡化到极致的情节。在颇具陌生化的词语和句子的组合间,读者能感受到的只是一种潜在的感觉和意识,尽管这种新的小说创作观念在一定意义上消解了文学的基本特点,但这无疑也是在小说创作传统方面的巨大变革。1964 年,《金果》因其独特的艺术手法而获得了国际文学奖,萨洛特由此成为与博尔赫斯(Borges)、贝娄(Bellow)和贝克特(Beckett)等人齐肩的现代作家。

尽管有些评论家将玛格丽特·杜拉斯(Marguerite Duras,

成为自己：
法国女性写作简史

1914—1996）也归入"新小说派"作家的行列，但从总体上看，杜拉斯的创作经历了现实主义、新小说和通俗小说三个发展阶段，在其后期更倾向于通俗小说。杜拉斯本名玛格丽特·陶拉迪欧（Marguerite Donnadieu），于1914年出生于尚属法国殖民地的越南西贡。她的父母都是小学教师，父亲早逝，母亲又不善经营，家中一度濒临破产。依靠杜拉斯在当地结识的一个华裔富商，他们勉强度过了这场危机。杜拉斯18岁回到法国本土，先后在巴黎法学院、政治科学学院攻读法律和政治学，毕业后曾在法国殖民地部任秘书。1943年，杜拉斯参加了抵抗运动。同年，她以父亲故乡一条河流的名字——杜拉斯为笔名发表了小说《厚颜无耻之辈》（*Les Impudents*）。从此杜拉斯开始了自己的创作生涯。1944年，杜拉斯加入法国共产党并主办了《自由人报》（*Libération*）。1950年，杜拉斯发表了其代表作《太平洋堤岸》（*Un barrage contre le Pacifique*），这部小说以她自己早年在越南的生活为蓝本，表现了法属殖民地底层白人生活的窘况。作品因画面感强烈、语言简洁而获得好评。

1955年，因立场发生分歧，杜拉斯被开除出法国共产党。她在报纸杂志上陆续发表了一些反对阿尔及利亚战争、反对戴高乐施政路线的文章。1959年，杜拉斯应邀为电影《广岛之恋》（*Hiroshima mon amour*）撰写剧本，电影在上映后获得了较好的反响，这次成功也使杜拉斯一度与电影事业结缘。她自己的一些作品也因鲜明的镜头感和生动的对白被改编成电影。此后，杜拉斯

第六章
多元共生时代的身份认同和自我选择

一边进行小说创作,一边从事电影脚本的撰写。1960年,她曾当选为"美第奇奖"的评委会成员,但几年后辞去了这一职位。

20世纪60年代以来,杜拉斯创作了一些具有"新小说派"风格的作品。在这些作品中,她采用简化情节的方式,以点状的描写突出表现了个体的情感经历。例如在《洛尔·V.斯坦因的迷狂》(*Le Ravissement de Lol V. Stein*, 1964)中,杜拉斯讲述了一个女性陷入疯狂的事实,但这一事实是凭借不可靠的叙述者以及碎片化的情节来完成的。因此,《洛尔·V.斯坦因的迷狂》被认为是一部"反小说"类的作品。其后的《副领事》(*Le Vice-Consul*, 1965)也具有类似的特点,而且在主题的传达方面更为抽象。

进入20世纪80年代,杜拉斯以一部讲述自己早年恋情的作品《情人》(*L'Amant*, 1984)重新引起了评论界的关注,这部作品获得了当年的龚古尔文学奖。评论界普遍认为这部作品是杜拉斯的一次自传性写作,她在其中几乎完整地呈现了自己在法属殖民地的早期生活:她与母亲及两个哥哥之间既亲近又疏远的家庭关系,她与"情人"之间的种种牵绊等。这部作品虽然叙述了诸多事件,但其主要目的并不在于这些事实本身,杜拉斯在这里是通过这些人物之间的外部关联来表现各自的内在精神世界及其情感性质的,尤其是要表现各种人物内在的欲望流动,进而在简洁的对话和细致的心理分析中表现个体之间的心理隔阂与情感隔膜,依旧带有"新小说派"的创作痕迹。

弗朗索瓦兹·萨冈(Françoise Sagan, 1935—2004)是继玛格

丽特·杜拉斯之后较为成功的通俗小说作家。萨冈原名弗朗索瓦兹·夸雷（Françoise Quoirez），出身于一个富裕的资产阶级家庭，自幼喜爱阅读，少年时厌恶学校的刻板生活，曾被学校清退。在尝试了两次后，她于1952年秋天被索邦大学录取，但没有毕业，于是，她决定按照自己的兴趣尝试写作。她给自己取了萨冈这个笔名，以表达她对普鲁斯特的喜爱。萨冈是普鲁斯特《追忆似水年华》中的一个角色萨冈公主（Princesse de Sagan）的名字。萨冈于1954年发表了第一部小说《你好，忧愁》(*Bonjour tristesse*)，讲述少女塞西尔为了保持自由的生活状态阻挠父亲与情人安娜成婚，最后在无意中致其死于非命的故事。作品以清新的笔调真实反映了成长中的少女敏感、焦虑而又无所顾忌的心理状态，获得当年的文学批评奖，萨冈自此走上职业作家的道路。

萨冈的主要作品还有《某种微笑》(*Un certain sourire*, 1956)、《奇妙的云》(*Les Merveilleux Nuages*, 1961)、《狂乱》(*La Chamade*, 1965)、《转瞬即逝的悲哀》(*Un Chagrin de passage*, 1994)等。她的作品基本以平庸生活中的混乱爱情为描写对象，人物不多、篇幅不长，重在通过人物的经历表达人生无常、及时行乐的生活态度，在放纵中又弥漫着淡淡的哀愁，反映了20世纪后期法国社会的中产阶级的精神状态。萨冈的作品数量非常多，大多数作品都以无所事事的年轻人为主要角色，他（她）们通常都会陷入纷乱的情爱关系，而这些关系通常也是不道德的关系。在她的作品里，百无聊赖的年轻女性与年长、厌世的男性发生恋情，偶尔也有中

第六章
多元共生时代的身份认同和自我选择

年女性与年轻的男性陷入不道德的爱情关系。萨冈在戏剧和电影方面也表现出一定的才能,《瑞典城堡》(*Chateau en Suède*, 1960)和《草地上的钢琴》(*Un piano dans l'herbe*, 1970)是其代表性剧作。

萨冈于 2004 年病逝,时任法国总统雅克·希拉克(Jacques Chirac)在他的纪念声明中说:"随着她的去世,法国失去了最杰出、最敏感的作家之一——我们文学生活中的杰出人物。"萨冈在生前为杰罗姆·加辛(Jérôme Garcin)编撰的《作家词典》中拟好了自己的讣告:"1954 年以一部轻巧的小说《你好,忧愁》出现,该小说在全球范围内引起了丑闻。在经历了同样愉快和拙劣的生活和工作之后,她的去世是一场只针对她自己的丑闻。"

萨冈本人个性鲜明,行为乖张。她的恋情令人眼花缭乱,她痴迷于赌博和飙车,她藐视各种社会规则,甚至是法律,但这些都不影响她的小说接连成为畅销书。尽管她由于作品视野狭窄、题材单一且缺乏思想深度而难以跻身于一流作家的行列,但她依然被视为一个时代的青春代言人。

从总体上看,20 世纪的法国女性通过写作这种方式对自身主体性的建构进行了全新的阐释。在这一过程中,她们独特的自我意识在确立身份认同、进行自我选择的过程中发挥了至关重要的作用。如果说,19 世纪的法国女性作家主要通过质疑传统的两性关系,提出女性自身的问题,强调女性身份的特殊性,那么 20 世纪的法国女性作家则通过广泛参与时代社会生活,深入文化生产机制的内部，探究女性问题产生的根源，以自己的话语模式寻找表述问题的原点。可以说，写作已经成为现代女性的一种存在方式。20世纪的法国女性作家在多元化的文化格局中体现出越来越多的自主性和创造性，她们不仅通过写作成为自己，更在写作中宣告了女性主体的回归。

第七章

作品赏析

第一节 《安吉堡的磨工》

在乔治·桑的所有小说作品中似乎都少不了爱情的主题,然而究其实质而言,爱情及两性关系只是乔治·桑用以解读社会的一个视角,《安吉堡的磨工》也是如此。《安吉堡的磨工》是乔治·桑中期"社会问题"小说的代表作之一,与之前的作品相比,这部小说以男女主人公的情感经历为线索,更加具体而深入地反映了当时的社会矛盾,并试图为这些矛盾提供切实可行的解决方案,不仅体现了她的空想社会主义理想,也传达出独特的女性意识。这部小说以19世纪中叶的法国乡村社会为背景,通过玛塞尔与列莫尔、格南·路易与罗斯之间的爱情波折,从爱情与社会阶层关系、爱情与经济利益及爱情与自我认同等几方面的关系诠释了理想的情感模式及两性关系,勾画出由此而形成的理想社会图景。

在《安吉堡的磨工》中，自幼在修道院长大的贵族孤女玛塞尔纯洁善良，她很早即与自己的堂兄布朗西蒙成婚，但放荡奢侈的布朗西蒙却没有使玛塞尔感受到婚姻的幸福。玛塞尔不仅要常常忍受布朗西蒙带给她的耻辱，更因布朗西蒙死于荒唐的决斗而早早成了孀妇。之前在偶然的机会下，玛塞尔与机械工列莫尔相知相爱，丈夫死后，她提出与之结合，但后者却因担心两人社会地位和经济状况的较大差距会影响到他们将来的幸福而拒绝了玛塞尔，并就此出走。一心向往真爱的玛塞尔为了消除与列莫尔结合的障碍，前往自己的领地清理财产，并准备在将来过平民的生活。当她到达领地时却发现，所谓的财产早已因丈夫的挥霍无度而变成了惊人的债务，她必须面对以富农布芮可南为首的债务人的逼迫，竭力使自己的家庭免于破产。富农布芮可南是个暴发户，贪财吝啬而且工于心计。布芮可南利用手中持有的债权企图以威逼和诱骗的方式将布朗西蒙的领地廉价收归己有。在安吉堡磨工格南·路易的帮助下，玛塞尔没有落入布芮可南的圈套。与此同时，相爱至深的格南·路易与布芮可南的小女儿罗斯却面临着因家境悬殊而被拆散的命运。布芮可南的偏见和偏执阻断了格南·路易与罗斯的情感，罗斯因此处于精神崩溃的边缘。善良的玛塞尔为了帮助他们实现心愿，答应了布芮可南的苛刻要求，以廉价出让土地换取布芮可南对格南·路易和罗斯婚事的认可。不料，早年情感受挫而精神失常的罗斯的姐姐布芮可里伦在此时突然发作，点燃了自家的仓库。布芮可南的家产在火灾中损失惨重，

第七章
作品赏析

而格南·路易却因一贯善待他人而得到了一笔意外的财富,成就了自己和罗斯的婚事。为救罗斯而失去所有财产的玛塞尔也因为没有了金钱的藩篱而得以与列莫尔重新走到一起,他们共同建立起理想的田园生活,找到了属于自己的幸福。

作品中的两对有情人都是因为分别归属于不同的社会阶层、彼此之间有一定的经济地位差距而陷入情感困境中。列莫尔因为厌恶金钱和贵族的名头而远离了玛塞尔,尽管他深知玛塞尔的个人品质与精神境界与这一切都毫无关联,而玛塞尔也在得知了列莫尔拒绝她的真正原因后陷入了沉思。作为一个善良正直的人,玛塞尔很早就意识到她所生活的社会中存在着两种神秘力量的斗争,这种斗争几乎影响着所有人的生活。"可是她还没有想到即使是她的恋爱,也会受到这无情的神秘斗争的影响,而且这斗争,尽管遭受着礼教的抑制和明显的打击,总还是要发作的。这种感情和思想的斗争,现在已经开始,并且很激烈了。……知识的和道德的战斗,已经在具有相反的信仰和相反的感情的阶级里展开了。玛塞尔在崇拜她的男人身上找到的是一个不能和她妥协的敌人。"[①] 可以说,玛塞尔所感受到的敌人是列莫尔对财富和权势的憎恨,他的态度反映了个体自身正当的情感需求与时代和社会的道德习俗对这种要求的否定之间所形成的矛盾冲突,而社会道德

---

① [法]乔治·桑:《安吉堡的磨工》,罗玉君译,人民文学出版社,1980年,第14页。

习俗则又与由经济利益所驱动的社会阶层分化互为表里，对个体生活的方方面面（包括情感生活在内）都产生了决定性的影响。曾经的雇农布芮可南在聚敛起一定的财富成为富农后，便被金钱同化了，他站在与原来的阶层身份相对立的角度上看问题，认为一切贫穷的人都是"活该倒霉"，即便那人再勤奋、品质再好都与他眼中所谓的"幸福生活"不沾边。在财富面前，情感一文不值，为了保住财富及由财富彰显的地位，一切皆可牺牲。以经济利益为终极目的的观念不仅使他葬送了大女儿布芮可里伦的人生，也差点使小女儿罗斯发生同样的悲剧。格南·路易正因为深知他与罗斯的情感面临重重障碍而始终不愿向对方表白，罗斯也一度受家庭影响，对与格南·路易的情感有所犹疑。横亘在两对有情人之间的，是由阶层地位差异与经济利益差距造就的巨大鸿沟，爱情与阶层地位和经济利益之间有着不可调和的矛盾。乔治·桑用他们的困境揭示了19世纪现代文明社会中，以地位和金钱为衡量标准的社会道德习俗如何阻碍了个体情感的正常发展。爱情问题的实质实际上是社会问题，因此，要解决情感问题，首先要解决社会问题。

在乔治·桑看来，由受阻的爱情所反映出的社会问题集中表现在财富对个体内在精神以及人与人之间的关系的影响，要解决社会问题首先应从改造个体、改善人与人之间的关系开始。乔治·桑认为，人与金钱总是处于控制和被控制的动态关联中，随着对财富的向往和个人财富的不断累积，人由获取财富变成受制

第七章
作品赏析

于财富。"我们因此也可以说，金钱进入了他们的血液，同他们的身体和心灵黏合在一起，他们一旦丧失了财产，他们本人的生命或者理性必定也就垮台了。对人类的忠诚、对宗教的信念，往往是和因安乐生活而在生理上和精神上所起的变化不相容的。"① 从后来布芮可南关于幸福生活与信仰和上帝之间的关系的那番解释中不难看出，对金钱的热爱已经取代了信仰和上帝在其心中原有的位置。财富不仅侵蚀了个体的内在精神世界，也毒害了人与人之间的关系。"在这个金钱万能的时代里，一切都可以出卖，都可以购买。艺术、科学、一切的光明甚至一切的道德，就是连宗教也在内。对于那些拿不出钱来的人们，都是没有份儿的，禁止他们去喝那神圣的源泉。到礼拜堂去领圣礼，也是要出钱的。取得做人的权利，如读书、学习思考、分别善恶，这一切都是要通过金钱的代价的。"② 在这样的社会氛围下，人与人之间的关系越来越呈现出利益化的趋势，变成一种扭曲的样貌，而作品中的几位主人公则以自己的行动摆脱了流俗的影响，建立起一种理想化的人际关联，并在此基础上找到了自我认同的方式，获得了幸福。

作品中的几位主人公同样具有良好的品性和理想化的社会理

---

① ［法］乔治·桑：《安吉堡的磨工》，罗玉君译，人民文学出版社，1980年，第68页。
② ［法］乔治·桑：《安吉堡的磨工》，罗玉君译，人民文学出版社，1980年，第127页。

念，他们都清醒地意识到自己的困境，也力求改变这种困境，乔治·桑试图以他们的经历来寻找解决社会问题的途径。无论是列莫尔还是格南·路易，他们都抱有明确的社会理想，并且分别在理论与行动两方面进行了实践。列莫尔具有空想社会主义者的思想轮廓，他主张实现绝对的社会正义，消除财富的影响。他不仅在父亲死后将其商号廉价卖给曾经受欺骗的竞争对手，还把所得分给原来受欺压的工人们，自己去过自食其力的生活。在他的感召下，玛塞尔也开始以自己的实际行动践行这一理想的原则，她平等对待一切和她有地位差距的人，并因此赢得了格南·路易的友谊。她更努力帮助格南·路易和罗斯成就幸福的婚姻，并不惜为此牺牲个人的利益。与此同时，格南·路易也以同样的胸怀对待玛塞尔和列莫尔，他虽然没有列莫尔那样明确的理论主张，但也清楚地意识到，"既然像我们这样的人，绝对需要一种宗教，那么我们应当有的，便是另外的一个宗教了。……我想要的那一个，是能够阻止人们相互憎恨、互相畏惧、互相损害的一种宗教"[①]。与列莫尔的理论化观念相比，格南·路易更倾向于以比较切实的操作方式来完成自己的想法。他在日常生活中乐善好施、乐于助人，不仅不计得失帮助玛塞尔识破布芮可南的诡计，更因对乞丐加多西的善举而得到了意外的财富。在这些人的影响下，罗斯也

---

① ［法］乔治·桑：《安吉堡的磨工》，罗玉君译，人民文学出版社，1980年，第99页。

第七章
作品赏析

渐渐摆脱了父母的不良影响，善待他人，以平等的心态看待自己与格南·路易的爱情。可以说，通过这些人的行为，乔治·桑建构起一种理想的人际关联模式，每个身处其中的人都在无私帮助别人的过程中收获了自己的幸福。

在实现爱情理想的过程中，这几位主人公也在自觉的努力中逐步形成了自我认同的方式。列莫尔在一系列的波折中改变了自己对于财富的极端化看法，从脱离实际的理论家转变成积极实践的行动者；玛塞尔也不再盲目以列莫尔的思想为行为指向，她也认识到，"金钱不过是达到幸福的一种手段，我们为别人谋得的幸福才能算是为自己谋得的最可靠、最纯洁的幸福"[1]，并以欢欣愉悦的精神迎接未来的平民生活；格南·路易则在与他们的交往中改变了自己以往对上层群体的不信任感和自卑感，更加坚定了自己以财富行善举的意愿。在这几个主人公中，每个人的自我认同感都建立在这个群体有关理想的共向性基础上，在个人与群体的合力下最终实现了他们的生活理想。

《安吉堡的磨工》以和谐美好的结局展现了乔治·桑与19世纪的社会现实格格不入的浪漫主义情怀。她以爱情为引线，以列莫尔和玛塞尔、格南·路易和罗斯的经历诠释了理想的情感模式和两性关系。因爱而生的困惑给了主人公自省的动力，促成了主

---

[1] ［法］乔治·桑：《安吉堡的磨工》，罗玉君译，人民文学出版社，1980年，第198页。

人公的自我认知，爱情受阻使他们为寻求解决方式而进行自我选择，走出困境的过程则使他们在精神上完成了自我更新和自我提升。最重要的是，对于男女双方而言，无论处于何种境况下，他们的所有行动始终都是建立在相互信任和完全平等的基础上的，都是在为对方利益着想的前提下来实现的。在乔治·桑看来，有这种理想的两性关系为基础，以对财富的合理分配为条件，在普遍仁爱精神的感召下，自然可以形成理想化的社群，这就是解决社会矛盾的良方。就作品表达的思想深度和情节与人物的安排而言，《安吉堡的磨工》并不是一部完美的作品，"无论关于其小说中所呈现的观念的成因有何种看法，乔治·桑看待社会问题的方式始终有些简单，其解决方式也常自相矛盾。但是又有多少小说家同时可以称得上是伟大的思想家？在乔治·桑的事例中我们可以很肯定地说，这是一个有着热忱和诚挚信仰的作家，她将其作品视为向同代人表达这些信仰的一种方式"[①]。正是由于体现了具有特殊时代印迹的社会理想，《安吉堡的磨工》成为乔治·桑最具代表性的作品之一。

第二节 《哈德良回忆录》

1924年，尤瑟纳尔在意大利参观了古罗马皇帝哈德良的行宫

[①] Robert Godwin-Jones, *Romantic Vision: The Novels of George Sand*, Summa Publications, 1995, p.4.

第七章
作品赏析

遗址,她被哈德良的生平事迹深深触动,开始构思关于哈德良生平的小说。1927年前后,《福楼拜通信集》中的一句话进一步引发了她的创作意愿:"由于诸神已不复存在,基督也不复存在,从西塞罗到马尔库斯·奥列利乌斯①,有过一个独一无二的时期,在此期间,唯有一个人存在过。"她觉得,今后自己"一生的大部分时间将用在试图确定,然后描写这位无出其右,但却与万物联系着的人"②。1951年,小说发表后获得了当年的法兰西学士院小说大奖,尤瑟纳尔也借此跻身法国当代一流小说家的行列。

哈德良是一位深爱希腊文化的罗马皇帝,他一生都在致力于保护其完整性并竭力使其在罗马得到延续。小说选取了第一人称的叙述方式,以哈德良写给继位者马可·奥勒留的信件形式展开。面对即将到来的死亡,哈德良审慎又不乏温情地回顾了自己的一生。他出身于西班牙贵族家庭,幼年丧父,16岁被其保护人送往雅典学习。随后,他在罗马的对外征战中屡获战功,逐步取得了皇帝图拉真(Trajan)的信任,并以自己的正直和才干赢得了皇后普洛提娜(Plotina)的赏识。以皇后为首的政治同盟者帮助哈德良在图拉真去世后登上了皇位,哈德良利用手中的权力恢复了自己渴望已久的和平,使罗马成为"安定之邦"。他采取了一系列措

---

① 马尔库斯·奥列利乌斯(Marcus Aurelius, 161—180年在位),古罗马皇帝,又译为马可·奥勒留的拉丁文名。
② [法]尤瑟纳尔:《哈德良回忆录》,陈筱卿译,东方出版社,2002年,第301页。

施整顿吏治，安抚民众，颁布法令以改善奴隶的待遇，提高女性的社会地位，对基督教给予宽容的政策。哈德良还下令禁止一些有害的陋习，如奢侈饮食、男女同浴、非自愿角斗等。罗马进入了鼎盛时代，而哈德良也渐渐走入心智澄明的境界。晚年的哈德良百病缠身，丧失了享受生活中任何乐趣的能力，他在忍耐中等待"尽可能地睁大眼睛步入死亡"。

在尤瑟纳尔看来，作为古罗马帝国兴盛时期的统治者，哈德良的一生恰到好处地显示出个体命运与历史进程的共生关联。她在创作笔记中言明，"如果这个人没有维持世界和平和复兴帝国的境界，那他个人的幸福和不幸肯定不会使我如此感兴趣的"[1]。尤瑟纳尔作品中呈现的哈德良既是被后世奉为楷模的帝国统治者，又是具有复杂性情的"人"；他既是历史的建构者，又是在历史事件中被建构的"人"。

哈德良在继位前面临着重重考验。作为罗马的主要战将，他反对图拉真皇帝的武力扩张政策，与皇帝之间已生嫌隙，与此同时，他的竞争对手正时刻准备将他置于死地。他既要完成自己的本职工作，又要担负维持各边境岛屿和行省的绥靖任务。尽管情况危急，行将就木的图拉真却迟迟不肯宣布帝位的继承人。哈德良感到，作为帝国的管理者，目前的所有问题同时压在了自己身

---

[1] [法]尤瑟纳尔：《哈德良回忆录》，陈筱卿译，东方出版社，2002年，第315页。

第七章
作品赏析

上,但他自身的问题却显得更加沉重。他告诉马可:"我希望得到权力,以便强行实施自己的计划,试一试我的良方,恢复和平,我尤其希望得到权力,以使我在死之前成为'我自己'。……如果我在这个时候死去,我将只不过是在达官显贵的名单上留下一个名字……最紧迫的任务似乎都是徒劳的,因为我被禁止以主宰的身份去做出影响未来的决定。我需要确信自己能够实施统治,以恢复成为有用之人的兴趣。"[1] 然而当一切尘埃落定,哈德良被宣布为继位者后,事情的真相反而难辨了。尽管有人质疑图拉真在临终前留下的遗嘱是否真实,哈德良却已紧紧攥住了这份赋予他权力的文件,对他而言,此时的结果比手段更为重要。从被动等待到主动参与,哈德良的焦虑是一个想要有所作为的人在历史岔路口的彷徨与抉择,反映出个体意志在复杂历史情境下的能动意愿。通过捍卫这一偶然性的皇帝机缘,哈德良得以建构历史。

尤瑟纳尔说:"我在一个正在解体的世界里生活过,这使我认识到君王的重要性。"[2] 就其时代意义而言,哈德良完美地诠释了他作为一个君主所代表的时代精神。哈德良不仅考虑如何使罗马这个国家更强大,"成为世界的标准",更关心如何使罗马摆脱那

---

[1] [法]尤瑟纳尔:《哈德良回忆录》,陈筱卿译,东方出版社,2002年,第92页。
[2] [法]尤瑟纳尔:《哈德良回忆录》,陈筱卿译,东方出版社,2002年,第308页。

些如底比斯和巴比伦等已遭彻底毁灭的古代城市的命运。他决心以"国家""公民身份""共和政体"这样的理念而非石质躯体作为构建罗马的基石，以"仁爱""幸福""自由"作为统摄一切行动的时代精神，并在此基础上"谨慎地重建世界"。哈德良对于罗马未来的构想显示出尤瑟纳尔对于欧洲未来走向的一种看法。尤瑟纳尔一直将古希腊罗马文明所确立的文化传统视为欧洲的精神基石，认为后世几乎所有的问题都能在这里找到根源性的解答。她借哈德良之口表达了自己对于欧洲现状的一种思考，经历过两次世界大战的欧洲恰如战乱频仍的古罗马帝国，一切都亟须重建，然而解决问题的关键并不在于外部世界的构建，而在于如何修复根源性的价值观，使永恒的时代精神得以复归。

哈德良用"仁爱"来改变罗马帝国的底色。他将和平视为自己的目的，但和平并不是他的偶像，因为他已经意识到人类事务的复杂性与多样性。当谈判不足以实现和平时，他依然会将战争作为一种通向和平的手段。同样，为了显示温和，他可以先任由自己的亲信阿蒂亚努斯采用恐怖手段除掉他的政治对手，然后将其流放以便使自己在顾虑重重的民众面前"保持一双干净的手"。哈德良拒绝了元老院封给他的一切头衔，因为他已经学会关注事务于己有利的一面而不去考虑别人的看法，他要使自己成为"真正的哈德良"。他调整了一系列对内对外的法律政策，以此避免出现"外部的蛮族人和内部的奴隶起而反对一个要求他们或从远处尊重或从底层为之效劳，但其利益又并不为他们所享有的世

第七章
作品赏析

界"①这样的时刻。他致力于提高女性的地位，缩小贫富差距，组织生产者行会，改善奴隶和下层军人的境遇，建立君王参议会以协调政事，而他自己统治期的三分之二时间则用来巡视这个庞大帝国是否运转良好。在巡视的旅途中，他很欣慰地看到，自己打造的"安定之邦"已然成形。哈德良开始感觉到自己成了神，他相信自己，觉得自己已如天性所允许的那样十全十美。但他强调，"我就是神，因为我是人"；"人类几乎总是用'天意'这类词语来设想自己的神。我的职责迫使我成为一部分人类的这种具体化了的天意"②。哈德良感到，这种崇拜并不意味着被崇拜者的无限僭越，相反却意味着一种制约，"那就是必须按照某种永恒的榜样去塑造自己，必须把一部分至高无上的智慧与人类巨大的能力联系起来"③。哈德良用仁爱精神改造罗马帝国，使之成为安定之邦的过程，也是他自身的非凡性逐步显现的过程，他也成为在历史事件中被建构的"人"。

哈德良出生于西班牙，受教于希腊，建功于罗马。他酷爱文学和艺术，对美有特殊的偏好。他既眷恋雅典的精神之美，又不

---

① [法]尤瑟纳尔：《哈德良回忆录》，陈筱卿译，东方出版社，2002年，第122页。
② [法]尤瑟纳尔：《哈德良回忆录》，陈筱卿译，东方出版社，2002年，第152—153页。
③ [法]尤瑟纳尔：《哈德良回忆录》，陈筱卿译，东方出版社，2002年，第153页。

排斥罗马的感性之美，更希冀通过城市建设将二者统一起来。在他看来，建设就是人类与大地之间的一种合作，而重建则是把握或改变时代的精神，让城市成为过去与未来的连接点。哈德良统治期间在罗马和雅典大兴土木，复建神庙，同时兴建了许多新的城市，如普罗提诺波利斯、昂蒂诺埃等。正如哈德良所说："我的那些城市因相会的需要而诞生：我与大地的一角相会，我的皇帝的计划同我的普通人的一生所遭遇的各种事变相会。"[①] 普罗提诺波利斯是为了纪念哈德良的心灵伴侣普洛提娜而建，而昂蒂诺埃则是为了纪念哈德良所钟爱的希腊少年昂蒂诺乌斯（Antinous）。哈德良如此迷恋昂蒂诺乌斯那种希腊风格的美，以至于将那段岁月称为自己的"黄金时代"。哈德良感到，昂蒂诺乌斯带给他的是一种姗姗来迟的幸福感，既丰富又简化了他的人生。哈德良不再因那些工程的美而感动，他将"幸福"与"命运"托付给了昂蒂诺乌斯，从而使其具有了实体的世俗形式。哈德良把对昂蒂诺乌斯的爱视作自己人性中应有的一部分，在概括这种幸福的意义时，他说："我为了促进人的神意的发展而尽力斗争，但我并没因此而牺牲掉人性。我的幸福对我是一种补偿。"[②] 后来，昂蒂诺乌斯受到某种宗教仪式的影响，为了使自己的青春和力量能以神秘的方

---

① ［法］尤瑟纳尔：《哈德良回忆录》，陈筱卿译，东方出版社，2002年，第136页。
② ［法］尤瑟纳尔：《哈德良回忆录》，陈筱卿译，东方出版社，2002年，第173页。

第七章
作品赏析

式传给哈德良而自溺身亡。哈德良极度悲痛，尽管想到自己的行为可能会在后世"变成充塞历史的各个角落的那些半腐朽的传说之一"，他还是在昂蒂诺乌斯死后给予其无上的荣光，下令尊奉他为神。

哈德良早年从希腊神话中悟出了一种哲学启示："每一个人在他短暂的一生当中，都必须不断地在孜孜不倦的希望与明智地放弃希望之间，在混乱的欢愉与稳定的欢愉之间，在泰坦巨神族与奥林匹斯众神之间做出抉择。必须在它们之间做出抉择，或者有一天成功地让二者协调一致。"① 昂蒂诺乌斯的离去对于哈德良个人而言是一场灾难，而这种灾难与幸福的过度欢乐和极度体验无疑有着紧密的关联。"这些事件异常清晰地表明，在权力达到顶峰时，与往日行为方式的背离影响了哈德良身为皇帝的作为，并以同等不幸的方式影响了他作为爱人的行事。衰退紧随昂蒂诺乌斯之死而至，在哈德良的身体和事业这两个层面呈现出相似的表现。"② 晚年的哈德良身体健康每况愈下，他对帝国的未来也充满了忧虑。国内外发生的一系列事件使他更加清楚地意识到，"仁爱"与"幸福"必须以"奥古斯都的纪律"为结合点才能更好地在现实中得到平衡，恰如个人意志与命运之于"自由"。

---

① [法]尤瑟纳尔：《哈德良回忆录》，陈筱卿译，东方出版社，2002年，第144页。
② Joan E. Howard, *From Violence to Vision: Sacrifice in the Works of Marguerite Yourcena*, Southern Illinois University, 1992, p.211.

哈德良从一开始就认为自己比其他人更加自由，也更加顺从，而其他人从没认识到自己"正当的自由和真正的顺从"。在哈德良眼中，自由高过权力，他热爱自由甚于权力，而仅仅因为"权力部分地有利于自由"，他才去追求权力。他感兴趣的不是哲学意义上的自由，而是"自由人的一种诀窍"，这种自由是"把我们的意志与命运结合起来的连接点，在这个连接点上，纪律有助于而非阻碍本性的发展"[1]。然而，在哈德良看来，所有的自由中最难以获得的就是"表示赞同的自由"，它是人的自我意志与命运相调和的产物。哈德良自己正是依靠这种方式把"精心协调的谨慎和鲁莽""顺从和反抗"等一系列对立因素结合起来，在历史安排的命运中体现了自我意志。从这一意义上说，对"自由"的理解和恰当运用使哈德良的个人意志与宏观的历史脉搏呈现出一种正向互动的关联，展现了一个具有非凡品质的人，在一个信仰和真理既已成形的历史时期所能达到的发展高度以及所代表的时代精神。

相对于其他形式的历史小说而言，《哈德良回忆录》更像一部关于公元2世纪的个人与时代的精神传记，尤瑟纳尔在《哈德良回忆录》中采用哈德良自述的形式，试图"从内部去重新整理19世纪的考古学家们从外部所做过的事"。在小说中，她选取了历史所了解、终结和确定的关于哈德良生平的主要线条，并围绕

---

[1] [法]尤瑟纳尔：《哈德良回忆录》，陈筱卿译，东方出版社，2002年，第46页。

着这些主线条展开了虚构。她将哈德良对自己生平的回忆与古罗马的发展历程交织在一起,将他对个人与国家的现实评判与对未来的思考交融在一起,将哈德良的自我肯定与自我反思交互在一起,形成了小说内部的多重对话格局。尤瑟纳尔想要呈现的哈德良也在他"曾以为是的""曾希望是的""曾经是的"这三重形象之间逐渐显露。"哈德良皇帝隐蔽在每个人身上。……它在每个人身上是一个已经在过去的世代里——通过哈德良的整个存在而不是他的嘴——表现过一次的人。或者更是为了表明同样的直觉和同样的精神需要。它是十分明确的、富于特征并具有潜在的现实性的、适于用哈德良的名字来代表的时代的一个部分。或者换种说法,它是一堆精神的和感性的本质,其幸运的偶性和表现方式是哈德良。"① 尤瑟纳尔在小说中通过哈德良的直接告白缩短了时空距离,使其生平具有了"典范性"。其意义在于阐明,人类在创造历史的过程中也不可避免地成为历史的表现物,无论个体以何种方式成为这种表现物,最终都无法超脱于特定的时空体系独立存在,留存下来的只是人类在不同的时代都要面对的共同问题,以及在探索解决这些问题的道路上所形成的永恒的时代精神。

第三节 《第二性》

《第二性》是西蒙娜·德·波伏瓦最重要、最具影响力的思想

---

① 柳九鸣编选:《尤瑟纳尔研究》,漓江出版社,1984年,第588页。

论著。在这部作品中，她用自己的思辨性哲学理路，从神话、文明进程、宗教、解剖学和传统风俗等多个层面对女性沦为第二性别的原因进行了剖析，进而对女性丧失了自身主体性的存在方式进行了批判。然而，"正如许多批评指出的那样，把《第二性》归结为请愿词典，这就贬低了一部建立在某个哲学体系上的作品，而这个哲学体系正是把个人作为主体来确定的"①。这个哲学体系就是存在主义的哲学体系，西蒙娜·德·波伏瓦在《第二性》中所表达的也正是一种具有文化批判意义的存在主义女性观。

"每一种政治主张，尽管具有其消极意义，都是由一种对合理生活的向往所引发的：如果说《第二性》在女权主义理论史上是如此独特的一份文献，那首先是因为它使理想愿景与批判之间的关联如此明晰。"② 在《第二性》中，西蒙娜·德·波伏瓦指出，在一种久已成形的话语范畴内，女性被界定成了"le sexe"，就是说，"在男性看来，女性本质上是有性别的、生殖的人：对男性而言，女性是 sexe……女人相较男人而言，而不是男人相较女人而言确定下来并且区别开来；女人面对本质是非本质。男人是主体，是绝对；女人是他者"。③ 作为人类思维基本范畴的"他者"是二

---

① [法]克洛德·弗兰西斯、弗尔朗德·贡蒂埃：《西蒙娜·德·波伏瓦传》，全小虎等译，中国社会科学出版社，1990年，第279页。
② Toril Moi, *Simone de Beauvoir: The Making of an Intellectual Woman*, Oxford University Press, 2008, p.204.
③ [法]西蒙娜·德·波伏瓦：《第二性Ⅰ》，郑克鲁译，上海译文出版社，2022年，第9页。

第七章
作品赏析

元性表达方式——自我与他者——的概念之一,并非一开始就与人类两性分化联系在一起,也不由任何经验事实所决定,而是产生于由一组相互对照的概念所形成的语境中。"任何主体不会一下子和同时确定为非本质,他者并非将自我界定为他者来界定主体:他者是因为主体将自己确认为主体,才成为他者的。"[1]然而,这种主体与他者之间的相互确认过程在人类的两性之间却是一直以单向度的形式进行的,男性被树立为唯一的主体,而女性沦为纯粹的他者,陷入一种依附性境遇,女性不得不一直屈从于这种被视为"他者"的观点。在西蒙娜·德·波伏瓦看来,女性的他者境遇并不是由偶然的某个历史事件或某种社会变化造成的,而是一直以来的一种绝对性境遇。时至今日,女性依然生活在男性强迫她所接受的他者地位的世界中,而且,男性更准备将女性永远固定在他者的客体地位上。"他者"意味着女性在社会中处于被动和从属地位,是社会中的次要者,这显然不是女性的本质性存在方式,因而必须对此现象加以深究,进而改变女性的境遇。

西蒙娜·德·波伏瓦从学理层面考察了生物学、精神分析学和历史唯物主义等几个领域的女性观。她认为,就最基本的生物学领域而言,尽管生物学上的性别特征也是构成女性境遇的一个重要因素,但是只凭生理上的性别差异不足以解答"女人是什

---

[1] [法]西蒙娜·德·波伏瓦:《第二性Ⅰ》,郑克鲁译,上海译文出版社,2022年,第11页。

么"。事实显示，在所有的雌性哺乳动物当中，人类女性在繁衍后代过程中所发挥的作用最大，因而从某种角度上说，意味着承担的角色最重，所以女人所受到的异化也就最深。然而这一事实不仅没有使人类的女性从此有了不可避免的命运，更没有改变人类社会中已确立的两性等级制度。女性的这种生理特点反而使其在人类的历史发展过程中成为弱势，进而沦为男性的附属品。

西蒙娜·德·波伏瓦认为，这种由表面上的生理性差异所造成的局面其实受到了来自各个方面的影响。社会经济模式、习俗及社会心理等多种因素共同作用于男性和女性的生理差异，并最终改变了女人的本性。她也由此展开了对一些已有观念的批判，比如，精神分析学从性一元论出发，以男性为主体参照物，只把女性看成性的机体，认定女性由于生理上的差异受到与生俱来的阉割情结和恋父情结的双重困扰而具有强烈的挫折感和自卑感，缺乏自我认同意识和必要的超越性，因此注定只能处于客体地位，成为"他者"。而历史唯物主义从经济一元论出发，认为女性的自我意识不是由其性别特征所决定的，而是社会经济组织境况的必然反映，与人类特定时期的技术发展阶段密切相关。在私有制经济体制下，女性由于经济地位的不平等而受到压迫，最后必然成为被征服者。

在西蒙娜·德·波伏瓦看来，诸如上述的种种理论都只是从某一个角度出发部分地描述了女性的存在表象，而并没有从根本上对女性为何在社会中处于客体的"他者"地位给出根源性的解

第七章
作品赏析

释。所以一切还应回到存在主义的视域中才能找到问题的症结所在。西蒙娜·德·波伏瓦认为，只有从存在主义的根本原则出发，站在存在主义的主体性这一高度，从整体上认识人的生命的特殊存在形式，才能最终全面揭示女性的真实存在本质。

西蒙娜·德·波伏瓦所提出的存在主义视域与生命的本质和人类对生存价值的界定过程密切相关，她认为，"正是因为人类在存在中对自身提出了问题，就是说更偏爱生存理由而不是生命，所以面对女人，男人确立为主人；人类的计划不是在时间中重复自己，而是主宰现时和创造未来。男性的活动在创造价值的同时，也将存在本身构成价值；男性活动战胜了生命的错综复杂的力量，也奴役自然和女人"[1]。男性从一开始就利用自身在生存方面的优势将女性置于次要的地位，进而使女性成为被征服者和从属者，成为被男性主导下的社会话语的被塑造者和被界定者。西蒙娜·德·波伏瓦由此把批判的视野延伸到整个人类的历史，她认为，人类的历史发展表明，从游牧时代、早期农耕时代、父权制古代社会、中世纪到18世纪和大革命以后的时代，女性在权利、地位和处境方面的种种变化全部取决于相应历史时期的男性意志。就是说，"整部妇女史是由男人写就的。……因此，妇女问题始终是一个男人的问题。……他们总是把女人的命运掌握在自

---

[1] [法]西蒙娜·德·波伏瓦：《第二性Ⅰ》，郑克鲁译，上海译文出版社，2022年，第91页。

己手里，他们并没有从女人的利益出发做出这种决定；他们关注的是自己的计划、自己的担心、自己的需要"①。从史前时期对女神——母亲的崇拜到现代社会通过节育来控制人口，都反映出男性伦理观的一种变化，是男性意识形态的一种表达。所以在西蒙娜·德·波伏瓦看来，人类历史发展至今，女性从来就不曾有过真正自由意志的表达机会，女性自身的主体性及其本质也从未得到显现。

在这种趋势下，女性长期处于由男性主导的话语的统治下，逐步丧失了作为主体的自我意识，不断认同男性的法则，以男性的眼光来看待自己并做出选择。换言之，女性成了不折不扣的"他者"。从女性主义的角度来看，"社会性别提出的最典型的问题就是在二元结构中，有一方通常被当作真正的起源和标准，以这样的标准来衡量，另一方就难免有多种欠缺。区分两者的过程再一次成为决定价值高低的过程"②。于是，在以男性为主导的评价体系中，女性的真实面目逐渐模糊起来。在不同时代、不同文化背景下，出现在神话中的女性形象呈现出形态各异的局面，而每一类女性形象都代表着男性话语对女性存在本质的某种阐释。每一种神话都有一个主体，在男性创造的神话中，女性作为与主

---

① [法]西蒙娜·德·波伏瓦：《第二性Ⅰ》，郑克鲁译，上海译文出版社，2022年，第186页。
② 马元曦、康宏锦主编：《西方女性主义文学文化译文集》，广西师范大学出版社，2008年，第30页。

第七章
作品赏析

体相对照的他者，表现出无一例外的含混性和被动性。"她是男人所召唤的一切，又是他达不到的一切。他是慈善的自然和人类之间明智的中介；她是未被制服的自然对付一切智慧的诱惑。她在肉体上体现从善到恶的一切精神价值及其反面；她是行动的实质和妨碍行动的东西，是男人对世界的掌握和他的失败……他在她身上投射他的所愿、所惧、所爱、所恨。如果很难对此说点什么，这是因为男人在她身上寻找整个自我，还因为她是一切。只不过她是非本质事物的世界上的一切：她是整个他者。"① 为了更好地阐释男性对女性的话语控制，西蒙娜·德·波伏瓦以一些男性作家为例，如蒙泰朗（Montherlant）、D.H. 劳伦斯（D. H. Lawrence）、克洛岱尔（Claudel）、布勒东（Breton）和司汤达（Stendhal）等，揭示出在文学作品的诸多描写背后所隐藏的在女性描写中的男性话语模式。因为对于他们每一个人来说，理想的女性都最确切地体现了他自己的他者。"蒙泰朗具有太阳般的精神，在女人身上寻找纯粹的动物性；劳伦斯是男性生殖器论者，要求女人在普遍性上概括女性；克洛岱尔将女人界定为灵魂伴侣；布勒东喜欢扎根在自然中的梅吕齐娜……司汤达期望他的情人聪明、有教养、思想自由和行为自由：一个平等的人。"② 这些作家在描

---

① ［法］西蒙娜·德·波伏瓦：《第二性Ⅰ》，郑克鲁译，上海译文出版社，2022 年，第 271 页。
② ［法］西蒙娜·德·波伏瓦：《第二性Ⅰ》，郑克鲁译，上海译文出版社，2022 年，第 341 页。

写女性时，都显现出了他自身的伦理原则和特有的观念，作为对象的女性形象往往暴露出他们自己在世界观和个人梦想之间的巨大鸿沟。

正如女性神话代表着人类社会状态的静止一面，是一种投射在观念世界的概念化现实，现实中女性的生动性和多样化存在形式代表着人类社会状态的动态一面，二者形成了对照关系，有时甚至是相互矛盾和对立的。但是，往往就是通过这些被构建起来的静态的概念化形象，父权社会的法律和习俗作为群体命令被强加给现实中的动态化的女性，从而使其陷入"他性"的不断自我复制中，不仅阻碍其自我意识的复苏，也使其无法形成理性的自我判断。西蒙娜·德·波伏瓦认为，归根结底，父权制文化是女性的心理和行为方式的社会文化根源，在社会习俗的长期影响下，为了迎合男权社会的需求和男性的个体需要，女性一直试图使自己成为男性认可的女性形象，最终成为缺少自我意识的他者——"第二性"。

在对由男性主导的整个社会文化价值体系进行剖析和批判后，西蒙娜·德·波伏瓦把批判的矛头指向了女性自身的存在形态，她认为，就女性的个体而言，"女人不是天生的，而是后天形成的。任何生理的、心理的、经济的命运都界定不了女人在社会内部具有的形象，是整个文明设计出这种介于男性和被去势者之间的、被称为女性的中介产物。唯有另一个人作为中介，才能使

第七章
作品赏析

一个人确立为他者"①。质言之，女性的性别气质是一种经由后天塑造的结果。从幼年时期开始，女性生命的整个成长发展过程都体现出一种由教师和社会强加的"被动性"，它通过对女性性别特征的强调使女性逐步放弃自主生存的主体性，从而使其"第二性"的社会角色被固定下来。"女孩会成为妻子、母亲、祖母；她会像她的母亲那样持家，她会像自己受到的照顾那样照料她的孩子们；她十二岁，而她的历史已经刻写在天上；她从未创造自己的历史，却日渐一日地发现，历史早已成形；这种生活每一阶段事先都能预料到，而每天都不可抗拒地让她朝前走；当她想到这种生活时，她是好奇而又恐惧的。"②西蒙娜·德·波伏瓦认为，正是这种只能"存在"而不能"行动"的现实，造成了女性对于自己真实的身体欲望既想表达又不得不排斥的矛盾心理，也使女性在压制自身主体性的过程中充满了内在的自卑感和焦虑感，这不符合存在主义的根本原则。

在西蒙娜·德·波伏瓦看来，女同性恋即社会对女性主体性进行压制的产物，"事实上，同性恋既不是一种蓄意的反常，也不是一种不可避免的诅咒。这是一种在处境中选择的态度，就是说，既是被激起的，又是自愿采纳的。……对女性来说，这是解决她

---

① [法]西蒙娜·德·波伏瓦：《第二性Ⅱ》，郑克鲁译，上海译文出版社，2022年，第9页。
② [法]西蒙娜·德·波伏瓦：《第二性Ⅱ》，郑克鲁译，上海译文出版社，2022年，第45页。

的一般状况，特别是她的性处境所提出的问题的方法之一"①。这种状况可以看成女性对自身"第二性"角色的反抗，也可以看作女性对男性的逃避。对于那些处于婚姻中的女性而言，"婚姻的悲剧性，不在于它不向女人保障它许诺过的幸福——没有幸福是可以保障的——而是因为婚姻摧残她，使她注定要过重复和千篇一律的生活"②。本来作为一个具有社会性的存在主体，每个人都具有开放性，可以使自己在最大限度上与社会相结合，从而实现个体的独立发展。但是按照西蒙娜·德·波伏瓦的观点，对于女性而言，婚姻阻断了她向社会群体的延伸，因而也阻碍了其主体性的发展。正如"妻性"不是女性与生俱来的本性，母性也不是女性的"本能"，成为母亲只是女性基于生理特点为了适应物种永存而实现的自然"使命"。但是在现有的社会结构中，生殖已经成为一个受到社会意志控制的行为，女性被剥夺了自由选择的权利，反对避孕与禁止堕胎使某些女性不得不在被迫的情况下成为母亲。

西蒙娜·德·波伏瓦通过对这种强加于女性的社会规范进行批判来强调，夫妻关系、家务劳动和母性综合在一起，形成了一个各种因素相互影响的整体，对女性的自我意识构成了致命的束

---

① [法]西蒙娜·德·波伏瓦：《第二性Ⅱ》，郑克鲁译，上海译文出版社，2022年，第196页。
② [法]西蒙娜·德·波伏瓦：《第二性Ⅱ》，郑克鲁译，上海译文出版社，2022年，第297页。

第七章
作品赏析

缚。"她从来不是通过工作本身来自救的；工作占据了她的心思，但是不能构成对存在的辩解；这种辩解建立在异质的自由上。封闭在家的女人不能自己建立自己的生存，她没有办法在特殊性中确定自己，因此并没有承认她拥有这种特殊性。"[1]即便那些可以走出家庭自由参加社交活动的女性，甚至包括妓女在内，在西蒙娜·德·波伏瓦眼里也不过是在某些时刻暂时逃避了束缚，而在男性话语主导下的各类社会交往中，女性不可能真正掌握自己的命运。现存社会中对女性气质有诸多界定，如"性格矛盾、谨小慎微、平庸无能"等，这些"不是激素给予女人的，也不是在她的大脑机能区域中所能预见到的：这些行为是由她的处境造成的"[2]。这是由社会为女性定制的，其结果只能是使女性更彻底地沦为"第二性"。通过对女性个体发展过程中存在状态的分析，西蒙娜·德·波伏瓦广泛而深入地阐释了女性的境遇——在经济、社会和历史的整体制约下处于受男性支配的依附性地位，失去了确立自己存在本质的自我意识，沦为消极的他者和"第二性"。西蒙娜·德·波伏瓦认为，女性的局限性及其不利处境是互为表里的，要改变女性的境遇必须首先了解造成这种境遇的根源，建立以女性性别特征为基础的自我意识，进而通过自由选择谋求解放。

---

[1] [法]西蒙娜·德·波伏瓦：《第二性Ⅱ》，郑克鲁译，上海译文出版社，2022年，第358页。
[2] [法]西蒙娜·德·波伏瓦：《第二性Ⅱ》，郑克鲁译，上海译文出版社，2022年，第441页。

这种解放应该是集体性的，首先要通过女性经济地位的转变来实现。"女人正是通过工作跨越了与男性隔开的大部分距离，只有工作才能保证她的具体自由。一旦她不再是一个寄生者，建立在依附之上的体系就崩溃了；在她和世界之间，再也不需要男性中介。……作为生产者和主动的人，她便重新获得超越性，她在自己的计划中具体地确认为主体；她通过与她追求的目的、她获得的金钱和权利的关系，感受到自己的责任。"①

与此同时，西蒙娜·德·波伏瓦也看到，尽管经济地位在女性拥有独立的自我意识中发挥了基础性的作用，但并不是说，只要女性的经济地位发生变化就可以完全改变女性的境遇。诚然，经济因素在过去、现在以及未来都将是衡量女性境遇的重要因素，"但只要它没有带来精神的、社会的、文化的等等后果，只要它仍在预示和要求，新型女人就不会出现"②。只有在法律、制度、习俗、公众舆论以及整个社会关系都得到相应改善后，女性才有可能走出绝对他者的阴影，实现真正的解放，与男性建立平等和谐的两性关系。"解放女人，就是拒绝把她封闭在她和男人保持的关系中，但不是否认这些关系；即使她自为存在，她继续也为他而存在；双方互相承认是主体，就对方来说却仍然是他者；

---

① ［法］西蒙娜·德·波伏瓦:《第二性Ⅱ》，郑克鲁译，上海译文出版社，2022年，第543页。
② ［法］西蒙娜·德·波伏瓦:《第二性Ⅱ》，郑克鲁译，上海译文出版社，2022年，第592页。

第七章
作品赏析

他们关系的相互性,不会取消人类分为两个不同类别而产生的奇迹……当一半人类的奴役状况和它带来的整个虚伪体制被消灭时,人类的'划分'将显示它的本真意义,人类的夫妻关系将找到它的真正形式。"① 互为他者的人类两性应该以尊重各自的存在事实为基础,平等看待彼此的自然差异,最终建立一种和谐的"手足关系"。

通过一系列的文化批判,《第二性》揭示了女性的境遇——"他者"的身份,倡导重新确立女性的社会"主体"地位,进而强调通过女性自我意识的认证完成对存在方式的自由选择,实现女性的自我解放,缔结平等和谐的两性关系。西蒙娜·德·波伏瓦认为,"'女人并非生来就是,而是后天变成的'。波伏瓦并没有用她这句格言只为妇女打开自由的大门。在指出什么可以构成关于人的存在条件的文化的同时,她不仅提出了妇女解放的问题,而且提出了所有与文化压迫相联系的问题:她对法律、宗教、习俗、传统提出了问题,以她的方式要求重新估价社会的所有结构"②。也正是在这个意义上,《第二性》显露出其鲜明的文化批判性,以其重要的文化和理论意义被视为现代女权主义的《圣经》。

---

① [法]西蒙娜·德·波伏瓦:《第二性Ⅱ》,郑克鲁译,上海译文出版社,2022年,第598页。
② [法]克洛德·弗兰西斯、弗尔朗德·贡蒂埃:《西蒙娜·德·波伏瓦传》,全小虎等译,中国社会科学出版社,1990年,第279页。

结　语

从中世纪早期拉德贡德字里行间满怀伤痛的哀婉诗作，到20世纪末萨冈放纵不羁的青春书写，法国女性写作在漫长的岁月中经历了从发现自己、认识自己到成为自己的转变过程。在这一过程中，女性写作的含义已经超越了具体的书写行为本身，具有了更加广泛的自我表述意义。

在法国女性写作的初起阶段，这种自我表述便面临着来自宗教、政治、社会习俗及男性话语禁锢等多方面的阻碍。在这种情境下，女性只能通过表达个体的情感诉求来寻求摆脱束缚的路径。也正是通过诗歌、日记、书信及回忆录等带有明显的个体经验印记的作品形式，女性获得了自我表述的空间，进而发现了自我表述的可能。克里斯蒂娜·德·皮桑尝试着拓展了这个在无形中被框定的表述空间，于是，后世的女作家们在小心翼翼的试探中获得了无限惊喜。我们不难发现，虽然文艺复兴时期法国女性的创作成就依然集中在前述几种作品类型上，但是在作品主题的延展性、作品的主导性观念及写作技巧等方面都有了很大发展，一些女性作家甚至在作品中批判了女性因性别身份而受制于男性的偏见这一社会弊病。在成为作家的过程中，她们逐渐意识到，女性唯有通过学习才能获得真正的自由。在其后的几个世纪中，法国女性锲而不舍地通过各种形式进行自我教育，提升对自我与世界的认知，沙龙文化的兴盛可以被看作由知识女性群体在完成自我教育的过程中对法国文化的一次形塑。尽管受到特定历史时期社会价值观念的制约，法国女性作家依然通过各种形式的写作建构起自身独具特色的主体性。作为现代女性意识的重要标识，具有能动性与创造性的主体人格是女性进行自我表述的立场所在，它决定了女性在创作中以何种方式、以怎样的声音与世界展开对话，也决定了女性何以成为自己。

　　通过简要梳理法国女性的写作历史，我们可以清楚地意识到，女性写作的意义在于，在写作这一自我表述的空间里，许多原本相互独立的思想形态交互在一起，通过特定的表达技巧形成了具有个性化色彩的表述机制。在这一表述机制的作用下，女性的自觉意识得到启发，女性特有的价值观念和性别体验得以参与到作品与世界的对话中。由此，与女性的性别身份相关联的知识生产成为可能，女性也终将摆脱此前单一性别主导下的话语的种种束缚，从"被表述"的命运中解脱出来，走向无限的可能。

主要参考文献

1. 柳鸣九编选：《尤瑟纳尔研究》，漓江出版社，1987 年。
2. 马雪琨：《法国文艺复兴时期的传奇女诗人——路易丝·拉贝》，中国社会科学出版社，2020 年。
3. 马元曦、康宏锦主编：《西方女性主义文学文化译文集》，广西师范大学出版社，2008 年。
4. 朱虹、文美惠主编：《外国妇女文学词典》，漓江出版社，1989 年。
5. ［丹麦］勃兰兑斯：《十九世纪文学主流》，张道真等译，人民文学出版社，2009 年。
6. ［法］阿兰·克鲁瓦、让·凯尼亚：《法国文化史Ⅱ》，傅绍梅、钱林森译，华东师范大学出版社，2006 年。
7. ［法］埃莱娜·西苏：《美杜莎的笑声》，米兰译，上海人民出版社，2023 年。
8. ［法］艾米丽亚·基尔梅森：《法国沙龙女人》，郭小言译，中国社会科学出版社，2003 年。

9. [法] 安东尼·德·巴克、佛朗索瓦丝·梅洛尼奥:《法国文化史Ⅲ》,朱静、许光华译,华东师范大学出版社,2006年。

10. [法] 德·拉法耶特夫人:《克莱芙王妃》,黄建华、余秀梅译,华东师范大学出版社,2017年。

11. [法] 塞维涅夫人:《爱从不平静:塞维涅夫人书信集》,王斯秧译,商务印书馆,2022年。

12. [法] 格扎维埃·达尔科:《法国文学史》,张兆龙译,中央编译出版社,2019年。

13. [法] 克洛德·弗兰西斯、弗尔朗德·贡蒂埃:《西蒙娜·德·波伏瓦传》,全小虎等译,中国社会科学出版社,1990年。

14. [法] 克里斯蒂娜·德·皮桑:《妇女城》,李霞译,学林出版社,2002年。

15. [法] 柯莱特:《吉吉》,王文融、陈伟丰译,人民文学出版社,2010年。

16. [法] 柯莱特:《流浪女伶》,郑雅翚译,上海译文出版社,2010年。

17. [法] 露西·伊利格瑞:《他者女人的窥镜》,屈雅君等译,河南大学出版社,2017年。

18. [法] 玛格丽特·杜拉斯:《情人》,王道乾译,上海译文出版社,2005年。

19. [法] 萨冈:《你好,忧愁》,余中先译,上海文艺出版社,2015年。

20. ［法］马格丽特·金:《文艺复兴时期的妇女》，刘耀春、杨美艳译，东方出版社，2008年。

21. ［法］米歇尔·索托等:《法国文化史Ⅰ》，杨剑译，华东师范大学出版社，2006年。

22. ［法］娜塔莉·萨洛特:《天象仪》，周国强、胡小力译，译林出版社，2000年。

23. ［法］乔治·桑:《安吉堡的磨工》，罗玉君译，人民文学出版社，1980年。

24. ［法］若斯亚娜·萨维诺:《玛格丽特·尤瑟纳尔——创作人生》，段映红译，花城出版社，2004年。

25. ［法］斯达尔夫人:《法国大革命》，李筱希译，吉林出版集团有限公司，2014年。

26. ［法］西蒙娜·德·波伏瓦:《第二性》，郑克鲁译，上海译文出版社，2022年。

27. ［法］西蒙娜·德·波伏瓦:《名士风流》，许钧译，中国书籍出版社，2000年。

28. ［法］西蒙娜·薇依:《扎根:人类责任宣言绪论》，徐卫翔译，生活·读书·新知三联书店，2003年。

29. ［法］尤瑟纳尔:《哈德良回忆录》，陈筱卿译，东方出版社，2002年。

30. ［法］朱丽亚·克里斯蒂娃:《符号学:符义分析探索集》，史忠义等译，复旦大学出版社，2015年。

31. Carla Hesse, *The Other Enlightenment: How French Women Became Modern*, Princeton University Press, 2003.

32. Diana Holmes, *French Women's Writing, 1848–1994, IV*, The Athlone Press, 1996.

33. Edited by Abigail Gregory, Ursula Tidd, *Women in Contemporary France*, Berg Editorial Offices, 2000.

34. Françoise Massardier-Kenney, *Gender in the Fiction of George Sand*, Rodopi, 2000.

35. Joan E. Howard, *From Violence to Vision: Sacrifice in the Works of Marguerite Yourcena*, Southern Illinois University, 1992.

36. Natalie Zemon Davis, Arlette Farge, Michelle Perrot, Georges Duby, *A History of Women in the West: Renaissance and Enlightenment Paradoxes*, Harvard University Press, 1993.

37. Rachel Mesch, *The Hysteric's Revenge: French Women Writers at the Fin de Siècle*, Vanderbilt University Press, 2006.

38. Robert Godwin-Jones, *Romantic Vision: The Novels of George Sand*, Summa Publications, 1995.

39. Toril Moi, *Simone de Beauvoir: The Making of an Intellectual Woman*, Oxford University Press, 2008.

图书在版编目(CIP)数据

成为自己：法国女性写作简史 / 景春雨著.
上海：上海社会科学院出版社，2024． -- ISBN 978-7
-5520-4444-7

Ⅰ．I565.09

中国国家版本馆 CIP 数据核字第 2024QC7670 号

成为自己：法国女性写作简史

著　　者：	景春雨
责任编辑：	刘欢欣　包纯睿
封面设计：	周清华
出版发行：	上海社会科学院出版社
	上海顺昌路 622 号　邮编 200025
	电话总机 021 - 63315947　销售热线 021 - 53063735
	https://cbs.sass.org.cn　E-mail：sassp@sassp.cn
照　　排：	南京理工出版信息技术有限公司
印　　刷：	上海盛通时代印刷有限公司
开　　本：	890 毫米×1240 毫米　1/32
印　　张：	5.75
插　　页：	2
字　　数：	118 千
版　　次：	2024 年 10 月第 1 版　2024 年 10 月第 1 次印刷

ISBN 978 - 7 - 5520 - 4444 - 7/I・535　　　　　　　　定价：58.00 元

版权所有　翻印必究